徳間文庫

喪を明ける

太田忠司

徳間書店

目次

1　トマトは好きか

　リサイクルショップで手に入れたボストンバッグに詰め込まれたもの、それが優斗《ゆうと》が携える荷物のすべてだった。大きなものは既に送ってある。

手に提げても、思ったほどの重みはない。こんなものか、と少し拍子抜けした思いで歩きだそうとした。

「これ」

声をかけられ、振り向く。来香《らいか》が一冊のノートを差し出していた。

いらない、と言おうとした。捨ててくれ、でもよかった。しかしこれ以上、彼女に捨て鉢な言葉を投げたくなかった。黙って受け取る。

　ノートを介しての最後の接触。優斗は来香を見た。彼女もこちらを見ている。だがその瞳に自分が映っているようには思えなかった。ただ前を見ているだけだ。

最後に何か言うべきか。そんな迷いもその眼を見て失せた。もう彼女の心に自分の言葉を留める場所はない。それが痛いほどわかった。

ノートをバッグに押し込み、小さく頷《うなず》くだけで背を向けた。

東京から着の身着のままで逃れた後、急遽《きゅうきょ》用意された仮設住宅で暮らした五年の日々は、いつも灰色に塗り込められていた。明るい何かを欲する気持ちさえ湧かない。そんな生活の中で、ふたりでいることが苦痛になった。本当ならもうひとりいたはずの、その存在の欠落も、互いの心を容赦なく押しつぶしていった。だからこうなることは避けられなかった、と自分に弁明する。こうするしかなかったのだ。

急に冷たくなってきた風に急《せ》き立てられるようにして、西へ向かう電車に乗った。乗客は少ない。優斗は駅で買った冷たい駅弁を頰張《ほおば》り、ノンアルコールビールを飲みながら窓の外を眺めた。晩秋の景色は、素っ気ないくらい何も変わらないように見える。

これからどうやって生きていこうか。

そもそも、生きていていいのか。

考えれば考えるほど、自分が行き止まりに立ち竦《すく》んでいるような気分になる。溜息《ためいき》をついて、タブレットを取り出した。バッテリーがほとんどないことに気付き、舌打ちをする。網棚に乗せたバッグを下ろして充電ケーブルを取り出した。そのとき、来香に渡されたノートが眼に入った。

黄色い表紙は縁が折れ曲がり、黒ずんでいる。中の紙も途中までは縒《よ》れていて、束が少しばかり膨らんでいる。開くと絵と文字がびっしりと埋まっていた。すべて優斗自身が描いたものだ。

鈍い痛みが心を刺す。このノートに書き込みをしていた頃、彼はまだ絶望していなかった。必死に東京から逃れようとしたときでさえ、ノートを手離さなかった。自分の宝だった。これさえあれば自分はやり直せると、そう思っていた。

いつからだろう。ノートを開くことが苦痛になった。新たなものを生み出す気力が失せ、苦痛でしかなくなった。何もできない穀潰《ごくつぶ》しになってしまった。来香の瞳が自分を映さなくなった。何もかも終わってしまった。あれは、いつから?

自分に問いかけながらページをめくる。その手が、止まった。

そこに描かれているのは、赤子の手だった。ふっくらと丸みを帯び、何かを摑《つか》もうとしているかのように曲げられた、小さな指。

わかっている。あの日からだ。この小さな手の柔らかさと温かさを失った、あの日から。

優斗はノートを閉じた。心がきりきりと痛み、軽く突《つつ》かれただけで泣きだしそうだった。

こんな姿を、父ちゃんには見せられない。

ノートをバッグの奥にしまい込む。残っているノンアルコールビールを飲み干し、座席下のコンセントでタブレットを充電しながら、ネットラジオから流れる二〇二〇年代の音楽をイヤホンで聴いた。

眼を閉じて思う。どうして来香は、最後にあのノートを手渡したのか。続けろと言いたかったのか。それとも忘れるなと？　どちらも違うような気がした。きっと優斗の持ち物を全部排除したかった。それだけのことだ。

俺だって、捨ててしまいたい。

でも、優斗にはわかっていた。自分はあのノートを捨てたりしない。捨てられない。ただバッグの奥にしまい込み、忘れようとするだけだ。

顔を上げ、車窓の外を見る。電車は名古屋へ、懐かしくも鬱陶《うっとう》しい故郷へと向かっていた。

＊

掃除の習慣は、すでに身についていた。掃除ロボットに任せるだけでなく、卓弥《たくや》は自分の手できれいにすることを心がけた。夏美《なつみ》がそうしていたからだ。

キッチン、リビングと続けて、二階へと上がる。

この部屋だけは、今まで手を着けなかった。ずっと空き部屋だったからだ。しかし今日中に掃除しておかなければならない。掃除機を手に卓弥は部屋に入った。

籠《く》もった臭いがする。カーテンを引き窓を開く。臭いはカーテンにも染みついているようだった。これも替えておくべきか。いや、それはあいつにさせよう。それくらい、自分でやらせなければ。

開いた窓から少し冷たい空気が入ってくる。もう暖房の用意もしておくべきだろうか。卓弥は振り返り、部屋を眺めた。机もカラーボックスも、まるで持ち主が帰ってくることを知っていたかのように、そこに在《あ》った。正確には、ただ捨てなかっただけなのだが。

この部屋にはほとんど入ったことがなかったな、と卓弥はあらためて気が付いた。入らなければならない用事もなかったからだが、今こうしていても、なんとなく居心地が悪い。自分の家の一室なのに、どこか他人の住居のような気がする。

床だけでなく壁にも掃除機をかけた。壁紙もかなりくすんでいる。ところどころ染みも出ていた。気に入らない。全部貼り替えてしまうか。いや、そんな時間はもうない。そもそも自分が住むわけではないのだ。これ以上手間をかける必要もないだろう。

部屋の掃除を終えると一階に下り、仏壇の線香が燃え尽きて火が消えていることを確認して家を出た。

買い物は近くのスーパーへ。これも夏美が毎日していたことだ。デリバリーにすれば楽になるのにと卓弥が言ったら、手数料を上乗せされるのがいやなの、と返された。それほど金に困ってるわけでもないだろうと言い返すと、手数料分はわたしの小遣いに貰ってるの、と笑っていた。本当にそうしていたのかどうか、わからない。夏美は本当か嘘《うそ》か判別できないようなことを、よく口にした。子供のとき、すごく大きな鳥が空を飛んでるのを見たわ。きっとどこかから逃げ出したコンドルね。昨日は幼馴染《おさななじ》みから久しぶりにメールが来たんだけど、アメリカの土地を買って移住しないかなんて勧誘してきたから削除しちゃった。料理をしてるときにレシピに書き留めたいことがあったから、あなたのボールペンを借りたんだけど、うっかりトマトソースの中に落としちゃった。きれいにしたつもりだけど、もしかしたら匂いが残ってるかもね。

ボールペンからトマトの匂いがすることはなかった。

そういえばあいつ、トマト味が好きだったか。いや、嫌いだったのかな。どっちだったか。思い出せないのでトマトは買わないことにした。適当に冷凍食品と惣菜を買い物カゴに放り込み、レジに向かう。キャッシュレスにはさすがに慣れているはずだが、それでもレジを通過するときには少し緊張する。しかし今回も咎《とが》められることはなく、無事に精算できたようだった。

家に戻ると買ってきたものを冷蔵庫に放り込み、仕事場に入る。

使い慣れた作業机と椅子。道具箱の中に整理して並べた工具も手に馴染んだものばかりだ。卓弥は昨日仮縫いを済ませた靴を手に取る。最近の合成皮革は出来がよく、見た目は本革とほとんど区別が付かない。違うのは匂いと、作業中に指が教えるかすかな感触くらいだ。卓弥はもう長い間、本革を切る感覚を味わっていなかった。それを寂しいと思うこともあるが、致しかたないと自分を諦めさせていた。そういうご時世だ。

道具箱から革包丁をひとつ取り出す。この仕事を始めた頃に手に入れた古い道具だった。研ぎつづけて刃は短くなり、いささか使いづらくなってきた。それでも持った感覚は手に馴染み、今でも使っている。これも執着なのか。もっと便利に使えるものがあるのに、昔からのものを手離せないでいる。失うことが嫌なのだ。

失いたくなくても、いなくなってしまうものはあるのに。

夏美の顔をまた思い出した。病院でふたりきりになった最後の時の、穏やかな顔だ。

彼女はゆるゆると頭を動かし、ベッド脇に立つ卓弥を見つめた。そして、言った。

「……さよなら」

おい勝手に別れを言うな。まだだ。まださよならなんかしない。そう言おうとした。

だが、言えなかった。

口にできなかった言葉は、ずっと卓弥の中に沈殿している。

仕事場から出るとリビングに移り、ソファに腰を下ろす。ネットラジオを付けると聞き覚えのある曲が流れてきた。タイトルは思い出せないが、夏美が好きだった二〇二〇年あたりのヒット曲だったか。

聴きながら卓弥は、これからの生活のことを思った。どんな暮らしになるのか、想像もつかない。うまくやっていけるだろうか。いくら肉親だといっても、もう何年も離ればなれに生きてきている。今更、馴染めるだろうか。トマトが好きかどうかも知らないのに。

わからない。わからないまま、生きていく。それしかないのだ。卓弥は自分に諭《さと》した。考えてもみろ。今までの人生ずっとわからないことばかりだった。地震があり疫病があり遠くの戦争があり東京変災があり経済の混乱があった。どれも予期しないうちに襲いかかってきて、それまでの生活を根こそぎ奪っていった。それでも生きてきた。いや、生きていかなければならなかった。多分、これからも。

インターフォンが鳴った。時間を確認する。来たか。

玄関を開けると、息子がいた。

＊

玄関が開き、父が姿を見せた。

やあ、とか、来たよ、とか、何か言わなければならない。でも何と言ったらいいのかわからず、優斗は玄関前で棒立ちになっていた。

「部屋は前のを使え。掃除してある」

卓弥のほうから、いささかぶっきらぼうな口調で言われた。

「あ、どうも」

こちらも自分でもおざなりに聞こえる応答をして、家の中に入る。

うまくやっていけるだろうか。ずっと抱えている不安がまた湧き上がってくる。まさかこの歳になって父親とふたりきりで暮らすことになるとは。自分で決めたことなのに、この状況に今でも戸惑っている。

二階に上がろうと階段を上りかけたとき、

「おまえ、トマトは大丈夫か」

卓弥に唐突に訊《き》かれた。

「何？　トマト？」

「そう。トマトだ」

「ああ……大丈夫。生でも加熱したのでも食べられる。食い物に好き嫌いはないよ」

「そうか」

頷いた後、

「何か食えないものがあったように思ったが、トマトじゃなかったか」

「違うよ。きっとピーマンだ。子供の頃は全然食えなかった」

「今は？」

「ピーマンの肉詰めは好物になった」

「そうか。じゃあ夕飯には、それを出す」

「作ってくれるの？」

問いかけると、

「冷凍だ。買ってある」

それだけ言って、リビングに行った。

優斗は自分の部屋に入った。住んでいた頃のままだった。壁紙もカーテンもカラーボックスも。

ボストンバッグを置き、窓を開ける。新幹線の駅を降りたときに見た名古屋駅周辺の光景はずいぶんと変わっていたが、この窓から見える景色は、あまり変わっているように思えなかった。それでも視界に入る家の何軒かは真新しく見える。

これが八年という年月が経《た》った証《あかし》なのだろう。

早々に一階へ下り、仏壇の前に座って手を合わせる。壁に飾られた遺影はデジタルフォトフレームではなく、プリントアウトされた写真だった。まだ元気だった頃の、柔らかな笑みを浮かべた母親の顔を、優斗は見つめた。

「ただいま、母ちゃん」

2　再生すること

目の前に置かれたのは履《は》き古したレザースニーカーだった。黒と茶色の革で構成されたアッパーは甲にも踵《かかと》にも履き皺《じわ》がくっきりと刻まれ、形が崩れている。表面の革は擦り傷や引っかき傷でかなり汚れていた。しかしそれ以上に問題なのは靴底とアッパーが一部剝《は》がれてしまっていることだった。これでは到底、使い物にならない。

卓弥はそのスニーカーを持ち込んだ男に眼を向けた。

「ひどいもんでしょ」

向こうから言ってきた。

「ひどいですね」

そう応じるしかなかった。

「これを直すんですか」

「難しい、ですかね」

男は窺《うかが》うように尋ねてくる。

「とても難しいです」

正直に言うことにした。

「革のアッパー部分をリペアするのはそれほど困難ではない。問題は靴底です。普通の革靴なら釘で止めたり縫い直したりして直せるんですが、スニーカーというのはアッパーと靴底は接着剤で固定しているんです。もちろんこの靴も。その部分を接着し直すのは、とても難しい。特にこの靴は接着面が狭いので、一度接着してもすぐに剝がれてしまう可能性が高い。あえてトライしてみても、数回履いただけでまた駄目になるでしょう。そもそもスニーカーというのは革靴と違って修理して履くことを前提としていないものです。駄目になったら新しいものを買う。それではいけないのですか」

怒りだすかも、と思いながら話した。男は卓弥の言葉を聞きながらスニーカーに視線を留めていた。三〇歳前後くらいだろうか。着ているコートは袖のあたりが擦り切れかけているし、髪は無造作というには伸びすぎている。清潔にはしているが身なりにそれほど関心を持っているタイプではないようだった。

「同じこと、言われました」

男はやっと、言葉を返した。

「こちらに伺う前にも三軒、修理屋さんに持ち込んでみたんです。どこも断られました。たとえレザーでもスニーカーはスニーカーだ。直してまで履くものではない、って。やっぱりそうなんですね」

「普通は、そうですね。このスニーカーは普通ではないのですか」

「いえ、ショッピングサイトで見つけた、ごくありきたりのものです。でも」

その先の言葉を躊躇《ためら》っているように見えた。視線はやはり、スニーカーに注がれているままだ。

卓弥はその靴をもう一度手に取り、ぱっくりと口を開いている靴底を見つめ、アッパーの状態を確かめ、それから言った。

「接着面に小さな釘を何本か打って固定すれば、補強は可能だと思います。その上でアッパーと磨り減っている踵部分の補修をすれば、履くことに支障のない状態にはできるでしょう」

「本当ですか」

「ただし、いささか費用がかかります」

タブレットデバイスから見積書を呼び出し、その場で入力する。靴底の固定、アッパーの修繕、踵《かかと》の補修と、ひとつひとつ費用を書き込み、合計金額を記して相手に提示した。

「……なるほど」

少し間を置いて、男は答えた。

「多分、この靴を買ったときの値段と同じくらいだと思いますが」

「むしろ修理費のほうが高いくらいです」

「どうします？　そこまでして直す気がありますか」

卓弥の問いかけに、男はすぐには答えなかった。頭の後ろに手をやり、中空を見上げるような視線で数秒、動かない。

「……この靴、見た目で買ったんですよ」

しばらくして話しはじめた。

「運命の出会いってほどじゃなかったんです。ああいいな、くらいの感じで。それまで靴なんて値段優先で安いものしか履いてこなかったんです。革のスニーカーなんて興味もなかったし。でもあのときは買いたいと思っちゃったんですよね。今まで一足の靴にこんな金を出したことなかったんだけど。どうして買ったのかなあ。よくわからないんです」

はにかむような表情で、彼は言った。

「でもね、これが失敗でした。靴に足を入れて少し歩いてみてわかったんです。合わないんですよ。なんかしっくりこない。その上、歩いてるうちに右の踵だけ痛くなってきて。ああこれはハズレを引いちゃったなと思いました。でもね、下駄箱に仕舞い込む気にも、捨てる気にもなれなかった。そこそこの値段がしたから、もったいなかったんですよ。それに何より、見た目が気に入ってたし。だから諦《あきら》めきれなかった。

それからは、そいつとの戦いでしたね。靴擦れを起こすところにパッドを貼ったり、インソールを違うものに換えてみたり、靴紐《くつひも》を何度も結び直して自分の足に極力合うポイントを探してみたり。試行錯誤っていうか騙《だま》し騙しっていうか、いろいろ試してみながら履きつづけました。その甲斐《かい》あってか、最近やっとこの靴が足に馴染んできたような気がしてたんです。歩きやすくなったし、足も痛くならない。勝ったな、って思いました。

でもその矢先です。雨の中を歩いてたら妙に足がびしょびしょする。おかしいなって思って帰ってから見てみたら、そんな感じにぱっくりいっちゃってました。なんだよって思いました。せっかく仲良くなったと思ったのに、もうお陀仏《だぶつ》かよって。なんだか腹が立っちゃいましてね。そのままごみ箱に放り込んでもよかったんだけど、念のためと思って修理屋に持ち込んでみたんです。そしたらさっき、あなたが言ったのと同じようなことを言われました。スニーカーなんて履き潰して捨てるもんだ。わざわざ直そうなんて誰も考えないって。ああそういうもんなんだって納得しかけたんですけど、でもこのまま捨てちゃうと、こいつと戦った年月が無駄になっちゃうんじゃないかって思って、それで念のために靴修理の専門家っていう店に持ち込んでみました。結果はでも同じ。うちじゃこんな靴の直しはしてませんって言われちゃった。しかたない、諦めよう。そう思ったときでした、たまたまネットで……いや、嘘です。もう一度だけどこかで直してくれる店がないか探してみようと思って、未練がましく検索をしました。そして、こちらを見つけたんです」

男は自分を力づけるように小さく頷き、

「修理してください。お願いします」

と言った。

「よほど気に入ってるんだな、その靴が」

優斗は培養肉ハンバーグを口に入れながら言った。

「でもわかんないな。買ったとき以上の金額を払ってまでして、わざわざ靴を直す？　それなら同じものを新しく買ったほうがいいじゃんね」

「そしたらまた、一から戦わなきゃならない」

卓弥はきんぴらごぼうをゆっくり咀嚼《そしゃく》してから答えた。

「自分の足に馴染むまで悪戦苦闘しながら履きつづけて、やっと調子よくなったときにまた靴底が剝がれる」

「だったらいっそ、オーダーしちまえばいいのに。足の形なんてあっと言う間にスキャンしてもらえて三日もすれば自分の足にあった靴が出来てくるじゃんか。父ちゃんの店でもそういうの作るでしょ？」

「うちでは三日は無理だ。木型はともかく靴作りは手作業だからな」

説明しながら、どうしてあの客のことを優斗に話しはじめてしまったのかと自分を訝《いぶか》った。今まで仕事のことを息子に語ったりはしなかったのに。それどころか彼が帰ってきてからの一週間あまり、必要なこと以外はろくに会話もしてこなかった。

それだけ、あの客が気になったということか。しかしやはり、話すべきではなかった。

「仕事、どうだ？　いいのが見つかったか」

話題を切り替えたのは、これ以上この話を続けたくなかったからだ。しかしすぐに後悔した。

「どうかな」

案《あん》の定《じょう》、ぶっきらぼうな答えしか返ってこない。

それきり、ふたりとも黙って食事を続けた。食べ終わると優斗はさっさと自分の部屋に戻ってしまう。卓弥は食洗機に食器を放り込み、テーブルを布巾で拭いてからリビングのソファに腰を下ろしてネットラジオをつけた。

〈温暖化温暖化と騒がれていた二一世紀初頭の頃が嘘のような、このところの天候ですが、現状を小氷期であると認識すべき、との見解がWMO《世界気象機関》から出されたそうです。

今後二〇年はこの状態が続くとの見込みで……〉

聞き慣れたパーソナリティによる天候の話がひとしきり続いた後、音楽が始まった。

二〇〇〇年代に流行ったＪ－ＰＯＰだった。卓弥はそれを聴きながらデバイスを開いて小説を読みはじめた。音楽は昔のものを好むが、読書の対象は最新の国内ミステリが多い。今読んでいるのはちょうど今聞こえている曲が世に出たころに生まれた作家のデビュー作だ。ネットでの評判に違《たが》わず、なかなかいい。最後まで読んでも面白かったら続けてこの作家のものを読んでみようと思った。

曲が変わった。ディスプレイの字面を追っていた視線の動きが止まる。

あの曲だ。

イヤホンの右と左をふたりで分けあって耳にあてがい、一緒に聴いた。

——これ、唯一、結婚式らしいことだね。

そう言って微笑《ほほえ》んだ夏美にどう答えたか、もう覚えていない。黙り込んでいたかもしれない。今もそうだ。何も言えない。ただ黙って聴いた。

〈お聞きいただきましたのは二〇〇七年のヒット曲、斉藤和義の『ウエディング・ソング』でした。結婚情報誌のＣＭソングとして多くのひとたちの心に残っていると思

います〉

ふたりで暮らしていたアパートの近くの公園。ベンチに並んで座って、あの曲を聴いた。あれは紛れもなく、自分たちの結婚式だった。参列者も誰もいない、ふたりだけの。

次の曲がかかる前に卓弥はラジオを消した。デバイスをOFFにし、眼も閉じた。記憶を呼び起こし、再生を試みる。あのときの妻の顔、覚えている。あのベンチの色、覚えている。降り注いでいた午後の陽差しの暖かさ、覚えている。

みんな、覚えている。なのに、夏美だけいないことが、胸を痛ませた。

3　最悪なこと

敦賀湾海底を優斗はゆっくりと移動していた。

水深は四七メートル。視界はやや不良。魚に感知されにくい赤い照明に塵《ちり》のようなマリンスノーが無数に浮かび上がる。透明度は五メートルと表示されていた。

ときおり魚が横切る。銀色の鱗《うろこ》がそのたびに煌《きら》めいた。優斗は子供の頃に飼っていた琉金《りゅうきん》を思い出した。狭い水槽の中で育った金魚は鱗が数枚剥がれていたが、それでも三年ほど生きていた。彼が飼育した唯一のペットだった。いや、たしかカメも飼ったことがあったか。どちらも、いつの間にか家からいなくなった。死んだのか。捨てたのか。

視界に赤いラインが走り、優斗の思考は中断された。ラインは海底の一角を囲い込む。その中に宝物《トレジャー》があった。金色に輝く王冠だ。中央には赤い宝石が埋め込まれている。すぐに鑑定にかける。「ルビーの宝冠」と出た。

ロボットアームを伸ばす。王冠を掴みポケットに収めるまでの作業はほぼ自動だ。収納されると右上に表示されていた数値が動いた。一六〇〇ポイント。悪くない。

〈人生で一番最悪なことって何だと思う?〉

不意に声がした。〝ケセラ〟だ。彼女はいつも唐突に話しかけてくる。

「何だって? 最悪?」

〈人生で一番最悪なこと。〝ヒュミル〟は何だと思う?〉

「死ぬことかな」

〈どうして?〉

「どうしてって、死んだら終わりだろ?」

〈終わっちゃったら、もう最悪でもなんでもないよ。最悪な自分を感じなくていいんだから〉

投げやり、ということもないが、いささかぶっきらぼうな物言いだった。優斗の耳に届くのは日本語だが、当然のことながらAI翻訳されたものだから元の言語はわからない。しかし翻訳で語調も正確に再現されているはずだった。彼女はそういう言いかたをしたのだろう。

〝ケセラ〟は出身地を公開していなかった。本当に女性なのかどうかも不明だが、本人が主張しているセクシュアリティを疑うのはマナー違反だ。

「じゃあ、君が思う最悪なことって、何なんだ？」

尋ね返すと、〝ケセラ〟は即答した。

〈今、ここにいること〉

「トレジャーハントが嫌なら、やらなきゃいい」

〈違うよ。このゲームは好き。ありもしないお宝を探して海の中を泳ぎ回るのは嫌じゃない〉

「お宝なら、今見つけたけどね。街へ持っていってそのまま売ってもいいし、錬成して武器に変えてもいい」

〈プラスチックのゴミを？〉

「ゴミじゃない。王冠だ」

優斗が強弁《きょうべん》すると〝ケセラ〟は笑った。厭味《いやみ》のない、素直な笑い声だった。

〈そうだね。わたしたちは海に潜って宝物を拾い集めてるんだ。ゴミ拾いなんかじゃ

ない〉

「本当はゴミ拾いだ。でもこうやって海の浄化に協力している」

〈本気でそう思ってる？　海中ドローンを操作して、ちまちまゴミを拾い上げることにどれだけの効果がある？　海底の清掃ならＡＩロボットのほうがずっと効率的にやってくれてるよ〉

「ＡＩだけじゃ処理しきれないゴミがある。それを俺たちがサポートしている」

〈便利な言いかたね、サポートって。下僕なのに〉

「君はＡＩ嫌いだったのか」

〈嫌いじゃない。むしろ人間より好き。忖度《そんたく》しないから。あなたは神なの？〉

「何だって？」

〈〝ヒュミル〟ってハンドルネーム、北欧神話の神の名前でしょ？〉

「神じゃない。巨人族の名前だ。突っ込まれる前に言っておくけど、深い意味があって付けた名前じゃない。語感が気に入っただけだ。君のハンドルには意味があるのか。〝ケセラ〟って、『Que Sera Sera』から採ったんだろ？」

〈知ってる？　スペイン語にはそういう言い回しはないんだって。疑似スペイン語。

また出たよ〉

「え？」

〈お宝。いただくね〉

赤いラインが囲んでいる宝剣を伸びてきた触手が絡め捕った。〃ケセラ〃の機体はピンク色のタコのように見えた。悪趣味だな、と優斗は思う。そんな自分だって機体の外装表示はタカアシガニに似せているのだが。

〈ぼんやりしてると、どんどん横取りされるよ〉

「今日はもう疲れた。帰る」

〈あ、待って〉

引き止められた。

〈誤解されたままなのは嫌だから言っておくね。『Que Sera Sera』とは関係ないよ〉

「何が？」

〈わたしの名前〉

では何なんだ、と問い返そうとする前に、〃ケセラ〃は離脱した。

取り残された恰好《かっこう》の優斗は海の底にしばらく佇《たたず》んでいた。ピンを打ってみたが反応はない。このあたりにはもうお宝はないようだ。

溜息をひとつ。機体をベースに戻すことにした。

収容を終えてヘッドセットを外すと、海中の景色は一瞬で消え去り、見慣れた自分の部屋に戻った。

デバイスに今日の「稼ぎ」が表示される。取得したポイントに応じて、ゲームを主催するNPOから報酬が支払われることになっている。結局あの王冠が一番価値があった。他はたいしたことはない。

やはり海中探査は効率の悪いクエストだ。今度は都市鉱山でレアメタルを漁《あさ》ってみるか。いや、あれはそこそこスキルが必要だ。電子部品からイリジウムやベリリウムを選り分けるのはAIの補助があっても難しい。

やっぱり俺は海の底のゴミ拾いが似合っているのか。また、溜息が出た。

リビングに行くと卓弥がいたので、優斗は少し驚いた。この時間、父はいつも店のほうにいるはずだったからだ。

「どうしたの?」

思わず尋ねた。

「喉《のど》が渇《かわ》いただけだ」

卓弥はぶっきらぼうにそう言って、キッチンの冷蔵庫から麦茶のボトルを取り出し、キャップを開けて一口飲んだ。

「おまえこそ、どうした？　仕事は休みか」

「ああ」

優斗の返事も無愛想になる。父と交代するように冷蔵庫を開け、ノンアルコールビールと竹輪を取り出してテーブルに座る。

「今から酒盛りか」

「アルコール入ってないし」

優斗が言い返すと、卓弥はそれ以上何も言わずに店に戻ろうとした。

「あのさ。人生で一番最悪なことって何だと思う？」

卓弥は立ち止まり、息子のほうを見ないで答えた。

「今まで最悪だと思っていたことが最悪でなくなったときのことだ」

優斗は父がいなくなった後、ビールを一口飲んで、呟《つぶや》いた。

「……なるほど」

デバイスから昔の画像を呼び出した。生まれたばかりのカヤが来香に抱かれて眠っている。娘の寝顔と妻の笑顔が眼に沁《し》みた。

4　カメと出会う

ディスプレイに表示されたバイタルデータを一瞥《いちべつ》した後、医師は言った。

「何か気になることはありますか」

「特には」

そう答えてから、卓弥は付け足すように言った。

「ひとつあるとしたら、寝付きが少し悪くなりました。といってもまったく眠れないというのではないんですが」

「そうですね。睡眠不足を示すデータも出てないようです。ご心配なら睡眠導入剤を処方しますが」

「そこまでの必要はないと思います」

言わなければよかったと思いながら、やんわりと断った。医師は気にする様子もな

く、

「今日は三種ワクチンの接種ですね」

「はい、よろしくお願いします。それと、いつもいただいている薬を」

「わかりました。服用して気分が悪くなるとか、そういうことはありませんか」

「特には」

「なら結構。続けてみましょう」

「効いているかどうかも、正直よくわからないんですが」

卓弥が言うと、医師はかすかに微笑む。

「予防ですからね。将来に向けてのものです」

「本当に効果があるんでしょうか」

「臨床試験の結果では効果があると結論されています。ただ、個人差はありますからね。認知症を絶対に防げるというわけではない」

そう言って、医師はまたディスプレイに眼を向ける。

「しかしデータを見るかぎりでは、脳内血流量は良い傾向にあります。アミロイドβの蓄積量にも変化はありませんね。楢原《ならはら》さんの脳は至って正常ですよ。安心してください」

診察後、病院の一階にあるカフェで遅い昼食を取った。町のどこにでもあるチェーン店のひとつだが、病院内にあるせいかノンシュガー甘味料しか出さない。だからここでのコーヒーはいつもブラックで飲むことにしている。一緒に注文したハムサンドも塩分は控えめで、いささか味気ない。それでも卓弥はこの病院に来たときはいつも、ここで食事をすることに決めていた。

「カメなんですよ」

その声はサンドイッチの最初の一口を頬張ったときに聞こえてきた。

「もうびっくりしちゃって。だってドアを開けたら目の前にカメがいるなんて、考えてもいなかったですから。そんな経験をしたら、人間って変わるものですね。私はその日を境に人生が三六〇度変わりました」

若干の昂奮《こうふん》を交《まじ》えて喋《しゃべ》っているのは、隣の席の男性だった。四〇代か、まだ五〇歳には手が届いていないくらいだろう。髪をきっちり七三に分け、チャコールグレイのスーツを身につけている。律儀なサラリーマンといった風情《ふぜい》だ。彼の話を聞いているのは五〇歳代くらいの女性で、こちらは品のよい紫のセーターを着ている。彼女はカメの話を続けようとする男性の言葉を制して、言った。

「あなたの仰《おっしゃ》ることは、わからないでもないです。人生なんて、どんなきっかけでも変わりますものね。三六〇度ならなおさら。何も変わらないと同じくらい変わったってことでしょうけど。でもそういうことで他人の人生も同じように変わると考えるのは、わたしに言わせればちょっとばかり傲慢《ごうまん》なのではないかしら。あなたを変えたものがわたしも変えるとは限りませんよ」

「しかしですね――」

反論しようとする男性を遮《さえぎ》って、女性は続けた。

「たとえばあなた、その髪形は今のお仕事に就いてからずっと同じではないかしら。あなたがそういう人間になったのは、きっとその髪形のせいね。わたしは気が向いたらさっさと髪形を変えるの。年に何回も。でもそのことで自分が変わったりはしない。わたしはわたしのまま」

「私だって髪形のせいで人間が変わったわけではないですよ。私のこの信念は、皆さんに幸せになるきっかけを摑んでもらいたいという気持ちは、そんな浮《うわ》ついたものではないんです」

「他人の幸せを願うのは素敵なことね。その見返りを求めないのであれば」

女性は席を立った。

「あなたをここに寄越したお姉様に伝えておいて。まだ夫の葬式の話をするような時期ではないって。ここの先生は優秀なの。お姉様の会社が破産するまで命は繋《つな》いでくれそうよ」

女性が去った後の男性の表情は、見ないようにした。卓弥もスツールを立ち、自分が使ったトレイと食器を返却口に置き、病院を出た。

県道の歩道で左手を上げるとブレスレットがかすかに振動し、車道を走っている車の一台が流れから外れて卓弥の前に停まった。開いたドアから乗り込むと、

――ご自分で運転されますか。

車に尋ねられた。

「いや、頼む」

そう言うと、車はステアリング・ホイールを収納して車道に戻り、走り出す。ブレスレットで〝自宅に帰宅〟を選択しているので、後は何もすることがない。卓弥はシ

ートに沈み込んで眼を閉じた。かすかに倦怠《けんたい》感と頭痛を感じる。副反応かもしれない。ワクチンが三種混合になってから、いつもこうだ。だから今日は店も臨時休業にしておいた。

先ほどの病院での男女の会話を思い出す。どんな関係なのか、ふたりの間にどのような利害があるのかわからない。ただあの女性が戦っていることは察せられた。それと三六〇度変わった人生など、何も変わらないのと同じだとあの男が気づかなかったことも。

自宅の前で車を降りると、玄関の鍵を開けた。車が走り去っていく音を聞きながら家に上がる。

リビングに優斗がいた。ビール缶を傾けながら古い映画を観ている。

「病院?」

「ああ。ワクチンを打ってきた。少し寝る」

「具合悪い?」

「たいしたことない」

「副反応がひどいなら、打たなきゃいいのに」

「そんなわけにいくか」

それだけ言って自分の部屋に向かう。ワクチンを法律で義務化しない政府の代わりに息子と言い争いをする気にはなれない。

自室でコートとマフラーを脱ぎ、ハンガーに掛けてからベッドに横になった。眼を閉じると、のぼせるような感覚が全身を覆う。たしかに楽しいものではない。しかし副反応は体がウイルスと戦う備えをしている証拠だ。それを怠って病気になるより、ずっといい。COVID-19もCOVID-27もCOVID-32も、これでもう心配しなくていい。

母親のことを思い出した。救急車で病院に運び込まれたと聞き、駆けつけようとしたが面会は叶わなかった。集中治療室《ICU》で息を引き取ったと聞かされても実感を持てなかった。感染の危険があるからと遺体に会うことも許されなかったからだ。やっと対面できたときには、母は小さな骨壺に収まっていた。

あれは二〇二〇年の夏だった。白い骨覆いに包まれた骨壺《こつつぼ》を両手で持ちながら、母がひとりで住んでいたアパートに向かった。初めて入った部屋の中は、きちんと掃除され、物はほとんどなかった。着るものさえ箪笥《たんす》の中に数着あるだけだった。それも母らしかった。卓弥は遺骨をテーブルに置き、その日は部屋で眠った。

カメ。ああそうだ。カメだ。

寝ているとき、何かがごそごそと動く音が耳について目覚めた。音の主はキッチンの隅に置かれた水槽にいた。まだ小さなミドリガメだった。縞模様《しまもよう》のある首を長く伸ばし、覗《のぞ》き込む卓弥を見つめ返していた。

母が飼っていたのだろう。水槽の横にはカメの餌《えさ》らしきものも置いてある。不思議だった。今まで母は動物と暮らすようなことはなかったはずだ。卓弥が子供の頃に犬を飼いたいとせがんだが、聞き入れてもらえなかった。

そんな母がなぜカメを飼いはじめたのか。考えてみてもわからない。翌朝、アパートの隣人に挨拶をしたときについでに尋ねてみたが、カメのことは誰も知らなかった。

結局、カメは骨壺と一緒に自分の家に持ち帰った。まだ小学生だった優斗が世話をすると言ったが、結局途中で飽きたらしく、水槽の掃除も餌やりも妻の仕事になった。

あのカメは、それからどうなったのだったか。たしかどこかの公園の池に放したような気がする。しかし記憶は曖昧《あいまい》だ。

ぼんやり考えているると、ごそごそと音がした。顔を上げると、ベッドの脇にカメがいる。自分と同じくらいの大きさになっていた。縞模様のある首を長く伸ばし、黒く濡《ぬ》れた眼で卓弥を見つめていた。

——そんな経験をしたら、人間って変わるものですね。

病院のカフェで聞いた言葉がリフレインされる。そうなのだろうか。カメに出会ったら人間は変わるのか。

問いかけてみたが、カメは答えない。大きな甲羅を重そうに引きずって、どこかに消えていった。

面白くない夢だ、と思いながら、卓弥はもう少し眠りを続けることにした。

5　死ぬことは

父の湯呑《ゆの》み茶碗は欠けている、という歌詞の歌を昔、聴いた。誰のどんな曲か覚えてはいない。

そのことを思い出したのは、目の前にある卓弥の湯飲み茶碗に小さな欠けを見つけたからだった。

淡い橙《だいだい》色の大ぶりな湯呑み。萩焼だったか。随分以前から使っている。多分、母が元気だった頃から。

その縁に小さな三角形の欠けが一カ所あって、その頂点から斜めに薄くヒビが入っていた。それでも中身はこぼれないようで、今も茶が注がれ、湯気を立てていた。

卓弥がその湯呑みを手に取る。指先で縁をなぞった。欠けが唇に触れないよう口をつける場所を確認しているらしい。

そうまでするくらいなら新しいのを買えばいいのに。そう思ったが口には出さなかった。自分のまだ新しい湯吞みに茶を注ぎ、一口啜《すす》った。唇に当たる感触に違和感があった。そろそろ馴染んでもいい頃合いなのに。

父と息子ふたりきりの食事に、言葉はない。ただ黙々と食べ、茶を飲み、そして食器を片付ける。

食後、優斗はさっさと自分の部屋に戻る。子供の頃から使っていた部屋は、湯吞みよりはよそよそしさを感じない。それでも離れていた八年という歳月分、この部屋との折り合いは難しかった。引っ越してくるときに持ち物は最小限にしたつもりだが、いまだに荷を解いていない段ボール箱が三つ。これがあるかぎり、この家にはまだ馴染めたとは言えないような気がしている。かといって箱を開いて中身を取り出す気にもなれない。

あの箱の中に湯吞みも入れていたかもしれない。優斗は思い当たった。あの箱を開けられないのは、湯吞みを見たくないからなのかも。

今どき珍しい夫婦《めおと》湯吞みを贈ってくれたのは、中学時代の同級生だった。大人になってからはほとんど音信もなかったのに、どこからか結婚したことを聞きつけたのか、いきなり連絡してきた。そして自分で焼いたという湯呑みを大小二個、送ってきた。フォルムに面白みはあるが日用品としては少し難のある代物だった。どうやら誰彼かまわず自分の作品を送りつけているらしい。

それを来香は使いたがった。せっかくもらったものだから使わないと悪いでしょ、と。結局ふたりで暮らしている間は、その湯呑みで茶を飲んだ。

もうひとつの湯呑みを彼女はどうしたのだろうか。まさか今でも使っているとは思えない。多分もう捨てただろう。自分の持ち物だからといって愛着を持つことのないひとだった。

彼女が唯一執着したのは、カヤだった。カヤが生まれてからは人が変わったようになった。何よりも娘を優先させた。眠るのも起きるのもカヤに合わせ、食事も子供のものを先にして優斗の都合は無視された。生活のすべてが娘主体になった。優斗も父親としてそれなりに愛情を注いだつもりだったが、来香はそう思っていないと、離婚調停のときに弁護士から聞かされた。それはカヤが生まれてからずっと言われていることだった。あなたは親としての自覚がない。もっと子供に関心を持って、と。そんなことはないと言いたい気持ちもあったが、反論はしなかった。彼女の娘への接しかたを見ていると、自分とは何かが根本的に違う気がした。その違いを埋めることもできないだろうと思った。そうした諦観《ていかん》が、愛情の欠如と見なされたのだろう。しかし埋まらない溝を無理に埋めようとしても、意味がない。

でも、ならば意味のあることは何だろう。考えはどんどんずれていく。最初は何を考えていたのだったか。そう、父の湯吞みだ。いつまでも欠けているものを使っているのがいけない。余計なことを考えさせられてしまう。

一年と少しの命しかなかった娘のことを考えるのは、余計なことなのだろうか。


翌日、仕事に出た。

その日は水道管取り替え工事の現場でのサポートだった。道路の掘り返しや水道管の設置などの作業は、工事機械のＡＩにほぼ任せておけばいい。人間が受け持つのは法律上配置が義務付けられている現場代理人と交通誘導警備員の役割だけだった。優斗が研修を受けて現場代理人の仕事をするようになって三カ月。これが五度目の現場だった。優斗以外には誘導員が二名だけ。あまり交通量の多い道路でなかったので、三人とも時間を持て余し気味だった。

「寒いねえ、三月だってのに」

上り車線側を受け持つ警備員が話しかけてきた。卓弥と同年代か、あるいはもっと年上かもしれない。会社から支給された防寒ジャケットに私物のマフラー、ヘルメットの下に耳まで覆《おお》うヘッドキャップを被っているのは正確には安全規定違反なのだが、優斗は注意しなかった。たしかにヘルメットだけでは耳が千切れそうになる。

「ここ、吹きっさらしですからねえ」

白い息を吐きながら答えると、警備員はさらに顔をしかめて、

「たまったもんじゃないよ。こんなんじゃなくて、ビル警備とかの仕事をしたいよ。駐車場とかは暖房なくてきつかったけどさ、こんなんじゃなかったし」

「やってたんですか」

「若い頃はね。まだ機械の仕事は防犯カメラくらいしかなかった時代だ。俺さ、これでも警備員歴三六年なんだよ」

「へえ、すごいですね」

「あんたは何年？」

「いえ、俺はまだ三カ月です」

「新人さんか。もしかして、東京者？」

「ええ、まあ」

少し用心しつつ頷く。相手はしたり顔で、

「多いんだよな。東京から流れてきた連中。根無し草のくせにプライドばっかり高くてさ。仕事がしにくい」

「すみません」

「兄ちゃんのことじゃないよ。あんたは腰が低くて誠実そうだ。あっち」

彼が顎《あご》で指したのは、下り車線を担当している警備員だった。

「あいつは駄目だ。とっつきが悪い。どこの国の出身か知らないけど、東京じゃきっと立派な仕事してたんだろうな。こんな機械に使われるような雑務じゃなくてさ」

車が近付いてきた。警備員は旗を振って合図する。本当はそんなことをしなくても車にはあらかじめ道路工事情報が伝わっているし、前方に障害物があることもモニタが認識していて、自動的に回避してくれる。振られる旗は車に乗っている人間へのアピールだ。ここで工事しているのであなたが乗っている車は車線から一度はみ出ますよ、と。

この仕事も他の多くの仕事と同様、本当はもう必要ではないものだ。なくならないのは法律が変わらないから。法律が変わらないのは、人間に仕事を与えなければならないから。

クラクションが鳴った。下り車線側で車が停まっている。優斗が駆けつけると個人所有車に乗っている男が窓を開けて怒鳴った。いきなり飛び出してくるな。急ブレーキがかかったじゃないか。優斗は頭を下げ、すみませんでしたと言い、手を横に差し出して車の発進を促した。

「どうしたんですか」

車が走り去ってから、担当している警備員に尋ねた。

「なんでもないです」

不貞腐《ふてくさ》れているような口調ではない。感情のない、ぼそぼそとした返答だった。まだ若い。二〇歳そこそこだろう。ヘルメットも手袋も防寒ジャケットも、与えられたものだけを規定どおりに着用している。

「なんでもないって、でも……」

でも事故になったら大変だから、と言葉を続けようとして、やめた。

「……気を付けてくださいね」

それだけ言って、持ち場に戻った。振り返ってみると、その警備員は走り去った車の後ろ姿をずっと眼で追っていた。

その日の工事は三時間ほどで終了した。コーンや標識などの備品を片付け、工事機械の座席に乗って事務所に帰投する。

報告書に必要事項を入力して総務に送信提出すると仕事は終了となる。そのまま帰ろうとしたところで係長に呼び止められた。

「このトラブルだけど」

指摘されたのは、通行車が急ブレーキで停まった件だった。

「クオンさん、道路に飛び出そうとして車を停止させてるよね。モニタに記録されてるとおりだと。どうしてそんなことしたの？」

クオンと呼ばれたあの若い警備員は、黙ったまま答えない。

「ちゃんと報告してくれないと困るのよ。きっと停止させられた車からも報告が行ってるはずだから、間違いなく管制のほうから問い合わせがあるはずなんだよね。ちゃんと報告書作らないといけないから」

「すみません」

「いや、すみませんじゃなくってさ」

係長は苦笑して、

「いいの。別にどんな理由でも。鳥が飛んでるのをよく見ようとしたとか今日の夕飯を何にするか考えててぼんやりしてたとか、そういうのでいいわけ。何かあるでしょ？」

問われても、クオンは答えない。立ったまま無言だった。

「わかった。じゃあ夕飯でいくからね。いいよね？　はい、ご苦労さん」

係長はさっさとそう言って、優斗たちを解放した。年嵩《としかさ》の警備員は鼻で笑って、さっさと事務所を出ていく。優斗は係長に一礼して、それに続いた。

外はすっかり暗くなっている。工事現場ほどではないが、寒風が身にこたえた。バス停に向かって歩きだす。夕飯か、と思った。もう父ちゃんは済ませているだろう。何か買って帰らないと。

近くで足音がした。振り返るとクオンが並んで歩いていた。彼も同じバスに乗るようだ。細い路地をふたりきりで歩く。気まずい雰囲気だが、どうすることもできない。

「……すみませんでした」

ぽつりと、クオンが言った。

「え?」

「さっきのこと。迷惑かけちゃって」

「あ、いや……たいしたこと、ないから」

なぜか優斗のほうがあたふたしながら、

「……その、怪我《けが》なくてよかったですよ、ほんと」

「今の車は絶対にひとを傷つけないようになってるから。飛び出したって死ぬことはないです」

「そう、ですね。そのへん、しっかりしてるから」

「絶対に死なない。でも本当にそうかな。死なないのかな。そういうの、気になりませんか」

「さあ……」

曖昧に答えながら考える。もしかして彼は、死ぬかどうか確かめるために道路に飛び出したのか。その疑問をしかし、問いかける気にはなれなかった。

「この世界は優しいですね」

　クオンは言った。

「誰も死なないように、死なないように配慮されている。それを破ることもできないくらい、しっかりと。それでも、死ぬときは一瞬。あっという間にたくさん死ぬ。それもまた優しさかな。どう思います？」

「さあ……」

　自分が間抜けに感じられる。でもまともには答えられない。相手に馬鹿だと思われているかもしれないが、しかたない。そういう問いかけをしてくるほうが悪い。

　その後はふたりとも黙って歩いた。バスの中では離れて座り、別のバス停で降りた。目の前に牛丼屋の明かりが灯っている。大盛りを注文した。培養肉を使うようになっても牛丼は美味《うま》かった。

　家に帰ると卓弥は自分の部屋に戻っていた。風呂に入りノンアルコールビールを一缶空けると、自分がひどく疲れているのを感じた。今日は宝探しもする気になれない。そのままベッドに潜り込んだ。

　寝床の中で思った。この世界は優しいのか。

たくさん死ぬようなことがあっても、それでも優しいのか。
カヤが死んだのも、優しさなのか。
眠りに引き込まれる寸前まで、優斗は問いかけていた。

6　大人にはなれない

——どうやったら大人になれるの？

優斗にそう尋ねられたときのことを不意に思い出した。あれは彼が小学校二年か三年のときだったか。

「どんぐりひろば」と呼ばれる小さな公園のベンチに座り、走り回っている子供たちを眺めていた。白い息を吐きながら歓声をあげている子供と、それを見守っている母親たち。少し離れて父親もふたりいる。今でも〝ママ友〟という言葉は生きているのか。その中にパパは入らないのか。

自分のときは、まだ公園で子供が遊ぶときに父親だけが付き添うことは少なかった。優斗が遊んでいる間、卓弥はひとりきりで佇んでいた。それを不審に思われたのか職質を受けたことも何度かあった。三度目の職質のときは、同じ公園で子供を遊ばせている母親たちが話をしてくれた。このひとは違います。その子のお父さんなんです、と。あのとき礼は言ったが、その後も母親たちと接近することもなく、やはりただひとり、息子が遊ぶのを見守りつづけた。

追想に浸っていたとき、すぐ近くで走り回っていた子供が転んだ。咄嗟《とっさ》に動こうとしたが、その前に母親が走ってきて子供を抱きかかえる。大丈夫？　怪我はない？　尋ねられた子供は泣きだす。痛いから泣くのではない。母親に抱かれて安心して泣きだしたのだ。優斗は転んだとき、卓弥が立たせても泣かなかった。泣きそうな顔をしていたが、口をきつく閉じて堪《こら》えているようだった。

思い出した。優斗に尋ねられたのは、公園の帰りだった。なぜそんなことを急に訊いてきたのかわからなくて戸惑った。

あのとき、何と答えたのだったか。

――時間が経てば大人になる。

多分、そんなようなことを言ったのだろう。そうだとしたら、それは嘘だ。

時間が経っても、何十年生きても、大人にはなれない。

　革靴に足を入れて数歩歩くと、彼は「ほお」と声をあげた。

「オーダーで作った靴って、こんな感じなんですね。なんていうか、最初から足に馴染んでるみたいな」

「履きつづければ、もっと馴染んできます。しばらく使ってみてください。それで何か問題があったら、持ってきてください」

　卓弥は言った。

「問題、起きますかね？」

「歩きかたにもよります。もしかしたら右の踵が痛くなるかもしれない」

「わかるんですか」

「以前修理した、そのスニーカーの靴底の減りかたからすると」

「なるほど」

　男は納得したように頷くと、革靴を脱いで件《くだん》のスニーカーに履き替える。

「これ、すこぶる快調ですよ。修理してもらう前より歩きやすくなったみたいです。新しい靴も同じくらい歩きやすいといいけど。ところでひとつ相談があるんですが」

　男は新しい革靴を手に取って、

「これに合う服って、どんなのを着ればいいでしょうかね？」

「私はファッションの専門家ではないので」

「でも靴のことはわかりますよね。この靴が生きる服を着てみたいんです」

こちらの技量を試すような訊きかただった。卓弥は少し考え、答えた。

「ウイングチップはカジュアルなイメージがあるので、本当はビジネス向きではありません。セットアップでも堅くなりすぎないようインナーにスポーティなシャツを合わせるとか、あるいはデニムジャケットにチノパンというくだけた組み合わせでもいいかもしれない。でも一番いいのは」

「何でしょうか」

「その靴を履いて自分が好みだと思う店に行き、そこの店員に『この靴に合う服が欲しい』と言うことです」

「やっぱり任せちゃうんですか」

「餅は餅屋です。最初はプロの意見を聞いてみる。言われるままに着ているうちに自分なりの好みがわかってくるかもしれない」

「なるほどね」

男はまた頷いた。

「そうしてみます。ありがとう」

男が去った後、卓弥は店の中でインスタントコーヒーをいれた。

変な客だが、嫌いではない。

椅子に腰掛けコーヒーを啜《すす》りながら、タブレットデバイスの顧客リストを開いた。「イグチタカシ」の欄に取引終了のチェックを入れると、抽斗《ひきだし》からポストカードを取り出した。リストに記入されている住所を書き込みひっくり返す。裏面には自分で描いた靴のイラストが印刷されている。その隅に万年筆で手書きした。

――この度は当店に靴をご注文いただき、誠にありがとうございました。ご使用に問題がありましたら、遠慮なくお申しつけください。

この後には「またのご来店をお待ちしております」と続けるのが定番だった。彼はまた来るだろうか。わからない。多くの客は一回きりで、そうそう新しい靴を作ったりはしない。だが彼はスニーカーの修理をした後で今回の靴を注文した。オーダーメイドは初めてだと言っていた。

少し考え、言葉を足した。

——新しい靴の感想をお聞かせいただけましたら幸いです。


「どう？」

一口食べたところで、優斗が訊いてきた。卓弥はゆっくりと咀嚼《そしゃく》し、言った。

「カレーだ」

「それはわかってる。美味《うま》い？」

「悪くはない。さっぱりしてるな」

「市販のルーだと油たっぷり使ってるから」

自分でスパイスをブレンドして作ったらしい。妙に得意げだった。

どうして急にカレーを手作りしはじめたのか、わからなかった。そもそも優斗が料理に手を出すとは思わなかったのだ。

「もうちょっと何かない？」

「何かとは？」

「味の感想。辛さはどうかとか、風味がどうかとか」

「ない」

素っ気なく返してから、

「おまえ、これまで誰かが作ってくれた料理の感想をいちいち話してたか」

逆に問いかけた。優斗は困った顔をして、

「いや」

と、答える。

「だったら自分が作ったものも感想を聞かせてもらえると思うな」

優斗は不機嫌そうに黙り込んだ。

その表情を見て思った。もしかしたら息子は自分と会話をする取っかかりにカレーを作ったのかもしれない。だとしたら、いささか的外《まとはず》れだが。

食べ終えて片付けまで済ませると、いつものように優斗はさっさと自分の部屋へ戻ろうとした。が、ふとサイドボードに眼をやって、

「今でもお客さんに手紙出してるの。手書きで？」

と、物珍しそうに葉書を手に取った。

「稀少《きしょう》だから効果があるんだ」

と返すと、

「意外に商売熱心なんだ。へえ」

　感心とも揶揄《やゆ》とも取れる表情で宛名を見る。

「井口隆史？　聞いたことのある名前だな。まさか、あの作家？」

「作家？」

「父ちゃんも読んでたでしょ」

　言われてやっと、その名前と先日読み終えたミステリの作者名が頭の中で一致した。

「偶然だろ。それほど珍しい名前でもない」

「でもそうかもしれないよ」

「だったとしても、どうということはないだろう」

「サインとかもらったりすればいいのに」

「そんな子供みたいな真似《まね》ができるか」

　今日はやたらに絡んでくるなと思いながら、返事をする。

「大人だってサインくらいもらうよ。俺だって目の前にクラントラがいたら」

「誰だそれ？」

「ゲームのキャラ」

「現実の人間じゃないのにサインなんかもらえないだろ」

「もらえるよ、今のゲームは。なかなか出会えないレアなスターだから、会えてもらえたら僥倖《ぎょうこう》の極み」

冗談めかしているが、本心のようだった。ゲームのキャラか。

「……やっぱりまだ、大人になれないか」

「ゲームやってるくらいで子供扱いしてくれるなよな。父ちゃんだって昔からゲームやってたでしょ」

「……そうだな」

卓弥はサイドボードの抽斗を開ける。取り出したのはキーホルダー。黄色いキャラクターが付いている。

「それ、ピカチュウ？」

「小学校のときにガチャで手に入れた。いまだに持っている」

「ずいぶんと見すぼらしくなってるな」

ところどころ塗装が剝げ、口の部分が消えかけていた。

「それでも捨てられない。俺もまだ子供だ」

「もうすぐ還暦なのに」

「歳は関係ない。時間が経っても、何十年生きても、ひとは大人にはなれない。ただ、大人と見なされるだけだ」

卓弥が言うと、優斗は薄く笑う。

「それ、前にも言われた」

「そうだったか」

「ああ。昔、どうやったら大人になれるのかって訊いたとき」

覚えていたのか。

「そのときも俺は、そんなことを言ったのか」

「覚えてない？　そのときは意味がよくわからなかった」

「今は？」

「わかるよ。誰も大人になんかならない。大人だと言われて、大人のふりをするだけだ」

父親の手からキーホルダーを取り、抽斗に戻した。

「今でも大人になりたいと思うよ」

なぜ、という問いかけは今もできなかった。息子が抽斗に放り込んだキーホルダーのピカチュウに眼をやった。剝げかけた瞳が、こちらを見つめ返していた。

笑いとも溜息ともつかないものが、洩れた。

7　革靴

　ここ数日の寒さが嘘のように、陽差しが温かく柔らかだった。昼食を済ませた優斗は誘われるように家を出た。

　地下鉄川名駅が近いこのあたりは昔からの住宅街で、それは今でも変わらない。建っている家も半分くらいは名古屋を出る前にもあった記憶がある。世の中の変動を考えると、かなりゆったりとした変化だ。

　昔から通っていたコンビニもそのままだった。ノンアルコールビールを一缶買い、ゆるゆる歩く。午後の町は人通りもなく、車も見かけない。まるで午睡しているかのようだった。

　程なく目当ての場所に辿《たど》り着く。これも子供の頃から変わらない「どんぐりひろば」という公園、というか遊び場だ。昔あった遊具はもう消えていて、ベンチがふたつ残っているだけ。そのひとつに腰を下ろし、ビールのプルトップを開けた。

　ここには父によく連れてきてもらった。母は仕事で忙しく、優斗の世話はもっぱら父の仕事だった。他の子供はみんな母親が付いてきていた。男親が一緒なのは優斗だけ。それもあって、いつも何となく引け目を感じていたように思う。

　あの頃、父親はいつも家にいた。仕事をしていなかった。他の家とは違っていた。どうしてなのか訊きたかったが、訊けなかった。じつは今でも、そのときの事情を詳しくは知らない。あの時期、卓弥は靴作りの仕事をやめていた。わかっているのは、それだけだ。

　でも小学校の入学式には父の作った靴を履いていった記憶がある。ぴかぴかに光る黒い革靴を履かされたとき、わくわくした。自分だけ特別な存在のように思えた。その後はスニーカーで通学していたが、休みの日などは革靴を履いて近くを歩き回っていた。

　あの靴はどうしてしまったか。あんなに大事にしていたのに、捨ててしまったか。それとも……。

　まだ三〇歳を過ぎたばかりだというのに、思い出せないことが多すぎる。飼っていた琉金やカメのことも忘れてしまった。

母親のことも。

思い出せるのは五年前、祭壇の前に飾られていた遺影だけだ。生まれてから二十七年間に積み上げてきたはずの記憶がすべて、あの一枚の写真に上書きされてしまった。どうしてそんなことになったのか、わかる気がする。自分は母親の思い出を捨ててきたからだ。思い出したくなかったからだ。

辛い思いをさせられたわけではない。虐待どころか、きつく叱られたこともない。そのかわり、褒《ほ》められたことも、抱きしめられたこともなかった。

覚えているかぎり、母はいつも忙しそうにしていた。薬剤師という仕事をしていることは小さい頃から知っていたし、それが家計を支えているということもおぼろげながら理解していた。しかし卓弥が靴職人に復帰した後も、母は家にほとんどいることはなく、ずっと仕事をしていた。たしか薬剤師会というところの役員もしていたはずだ。その他にもいろいろと仕事をしていたらしいが、詳しくは知らない。とにかく忙しかった。自分の子供にかまっている暇もないほどに。

いや、そうじゃない。母が自分をかまわなかったのは忙しかったからではない。関心がなかったからだ。

あれは小学二年の頃だったたか、母親とふたりで栄の地下街へ買い物にでかけたことがある。あのとき母は優斗に言った。

「迷子にならないように気をつけなさい。離れればなれになっても、わたしはあなたを探さないから」

その言葉は喉元に突きつけられた刃物のように優斗を怯《おび》えさせた。はぐれたら見つけてもらえない。自分は終わりだ。

母は手を繋いでもくれなかった。だから多くのひとが行き来する地下街を、母の後ろ姿を見失うまいと必死に歩いた。あのときの焦燥感を今でもはっきりと覚えている。母が着ていたスーツの赤と茶色が混じったような布地の模様を覚えているのと同じように、はっきりと。

あのときわかったのだ。母は自分のことなどどうでもいいと思っているのだと。

優斗も母のことはどうでもいいと思うようにした。そう思わないと苦しくて心細くて泣いてしまうからだ。

だから、母の記憶も捨てた。覚えているのは背筋を伸ばして地下街を歩いていく後ろ姿と、遺影だけ。

公園のベンチに腰を下ろしたまま、優斗は空を見上げた。もしも自分のほうが先に死んだら、母はどう感じただろうか。自分がカヤを思い出すたびに感じる痛みを、母も感じてくれただろうか。

やめよう。これは自己憐憫《れんびん》でしかない。洩《も》れそうになる自嘲《じちょう》の笑みをノンアルコールビールで押し流した。

母は自分で死にどきを選んだ。そういうことが可能なように、安楽死を認める法整備がされたことは知っていたが、まさか身内でそれを利用する者が現れるとは思わなかった。その点でも母は、自分とは懸《か》け離れた人間なのだと思う。理解できなくても、しかたない。

でも父は？　父はどうして母の決断に同意したのか。母が死んでしまってもいいと思ったのか。本心を聞いてみたい。だが訊けなかった。父に面と向かって尋ねる勇気がなかったのだ。

公園に子供連れの女性がやってきた。が、ベンチに優斗がいるのに気付くと、子供を引っ張るようにして離れていった。

ここにいるべきではないようだ。優斗は立ち上がり、家に向かって歩きはじめた。

自宅に併設されている父の店舗兼仕事場に優斗が立ち入ることはない。子供の頃からそれは禁じられていたし、今は特に関心もないので、わざわざ覗《のぞ》くこともしなかった。

それでも音は聞こえる。リズミカルな打音がキッチンにも響いてくる。靴作りの工程を事細かに知っているわけではないが、たぶん革《かわ》を叩《たた》いて成形しているのだろう。

冷蔵庫を開け、今日二本目のノンアルコールビールの缶を取り出す。一昨日読んだ記事にノンアルコール飲料について書かれていたのを思い出した。アルコール成分がゼロでも糖質などが習慣性を増長するそうだ。むしろアルコールが入っていないからという言い訳ができる分、罪悪感なく飲みすぎてしまうとか。たしかに依存性があるように思う。飲みすぎて問題になるのは糖質過多になることくらいだろうが。

少し考え、缶を戻した。冷蔵庫の扉を閉めて振り返ると卓弥が立っていた。思わず「わ」と声をあげる。

「いたのか。びっくりした」

「休憩だ」

　ぼそっと言って、卓弥は優斗と入れ違いに冷蔵庫の前に立つ。取り出したのは麦茶のボトルだった。無造作に中身を茶碗に注ぎ、一気に飲み干した。そのまま何も言わず仕事場に戻ろうとする。

「あの」

　声をかけてしまったことに戸惑う。が、父は立ち止まってこちらを見ていた。何か言わなければならない。

「あの……」

「どうした？」

「……革靴」

「何だって？　革靴がどうした？」

「俺が小学校に入学したとき、作ってくれた革靴、あったじゃん。あれ、どうしたっけ？」

　いや、それを訊きたかったんじゃない。訊きたいのは……。

「下駄箱だ」

「……え？」

「下駄箱の右下隅」

それだけ言うと、卓弥は行ってしまった。

玄関に向かう。下駄箱は向かって左側にある。開いて右下を見ると、黒い紙箱が突っ込まれていた。取り出して蓋《ふた》を開けてみる。

小さな黒い革靴が収まっていた。

優斗は靴を手に取る。間違いない。あの靴だ。甲のあたりに履き皺《じわ》があるが、それ以外は新品のように艶《つや》やかだ。傷もなく黴《かび》も生えていない。靴の中に乾燥剤が入れられているが、それだけでこの状態をキープできたとは思えない。

——革靴を長生きさせたければ、こまめに世話をしろ。

不意に父の言葉を思い出す。

——湿気は禁物、汚れは丁寧に取り、クリームを塗って革に栄養を与え、通気性のいい状態で保管するんだ。

あれはいつ教えられたことだったか。言われたとおりにしたことはないのに、今でもしっかり覚えている。もう履かないことがわかっているこの靴にも、父は自分が言ったとおりの手入れをしたのだ。
優斗は框《かまち》に腰を下ろしたまま、手にした靴をいつまでも眺めつづけた。

8　リスナー

〈あの日から二九年、いや、もうすぐ三〇年になろうとしています〉

パーソナリティが語りはじめた。

〈その間、日本にはあまりにもいろいろなことが、あの大震災でさえ霞《かす》んでしまうような出来事が次々と起こりました。しかしあのときのことを、決して忘れてはならないと思います。忘れずに語りつづけていかなければならないと〉

ソファに腰を沈めたまま、卓弥はネットラジオを聴いていた。

〈震災記念日でもないのにどうしてこんなことを話しはじめたのか、リスナーの皆さんは不審に思われるかもしれません。じつはとてもプライベートなことですが、昨日、私の友人が亡くなりました。あの震災と原発事故によって住む家を失いながら、それでも力強く生きてきたひとです。

初めて会ったとき、彼は親戚を頼って浜松に移住してきたところでした。私は当時、当地のコミュニティ放送局でこの仕事を始めたばかりでした。地域のいろいろな方にインタビューするプログラムを担当していて、その企画のひとつとして震災避難者の彼に会ったのです。私と同い年で当時三五歳でしたが、奥さんと生まれたばかりの娘さんの三人で小さなアパートに住んでおられました。震災の体験談などを伺うつもりでいたのですが、ＦＭ局のスタジオにやってきた彼は底抜けに明るくて、浜松の住みやすさを絶賛するばかりでした。こんないい町はない。ここで生活の基盤をしっかり作りたい。鰻《うなぎ》が美味いから、できれば自分も鰻屋をやりたいと。

正直なところ、いささか拍子抜けしたことを覚えています。震災の被害に遭われたという悲惨さが微塵《みじん》も感じられなかったからでした。本当に被災者なのかと疑ってしまったくらいです。でも人当たりの良さとお喋りの上手さが好印象だったのか、リスナーには評判でした。なのでときどきスタジオに招いて近況を聞いていました。鰻屋をやりたいという言葉は社交辞令ではなかったようで、程なく老舗《しにせ》の鰻屋に弟子入りしました。最初の頃は鰻をまともに摑むこともできないと笑っていました。

私がその番組を降板する最後の回にも、彼は来てくれました。やっと鰻をさばけるようにまでなったと喜んでいました。そして放送後、私に折り箱を渡してくれました。中に入っていたのは鰻重。彼が初めて自分でさばいて自分で焼いたものでした。まだそこまで任されていないけど、どうしても私に食べてもらいたくて大将に頼み込んでひとつだけ自分の手で作らせてもらった、と言われました。その鰻はお世辞にも上手い出来とは言えないものでした。でも私はその鰻重を泣きながら食べました。

私が浜松を離れた後も彼とメールのやりとりはしていました。二〇二〇年にはやっと自分の店を持てたのですが、ＣＯＶＩＤ－19、いわゆるコロナ禍のせいで開店早々休業状態が続き、苦しい経営になりました。それでもなんとか店を守り、娘さんを育てられました。

その娘さんから彼の体調が良くないと知らされたのは昨年のことです。ぎりぎりまで頑張って立っていた店にも出られなくなり、ついに閉めざるを得なくなりました。お見舞いに行かなければと思いつつ、それが果たせないまま彼は亡くなりました。葬儀にはなんとか出席できました。そこで奥さんから初めて、あの震災で彼が御両親を亡くしていたことを知らされました。肉親を失い家にも住めなくなって、彼は故郷を出てきたのです。あのとき、ラジオで話しているときの陽気な彼から、そんな事情は少しも感じられませんでした。それはもしかしたら私の責任なのかもしれません。彼が本心を明かせるような番組でなかったこと、私が信頼される聴き手ではなかったことが原因なのかも。そう思うと、いたたまれない気持ちになります。長々とお話ししましたが、私は今、あらためてあの震災のことを思い返しているということをお伝えしたかったのです。そしてあのときのことを今一度、思い出していただきたいと思ったのです〉

続いて音楽が流れる。「彼」が好きだったというBUMP OF CHICKENの「Smile」だった。

〈先日の放送を聴いてペンを取りました。「ペンを取る」という言い回しは古いですかね。実際はテキストデータを作成しているわけですから。でも私は、この言いかたが好きです。

冒頭から話が横道に逸《そ》れました。亡くなられた御友人のお話、感慨深く拝聴しました。そして私自身の話もしたくなりました。ごく個人的な事柄で公にするほどのことでもないのかもしれません。そう思われましたらこのメールのことはご放念ください。

私は靴職人です。中学卒業後にいくつかの職を転々とした後、東京でとある靴職人の工房に入りました。そこで靴作りの技術を基礎から徹底的に叩き込まれ、二〇歳でなんとか一人前と認められるようになりました。二六歳で世界的な靴職人のコンクールで賞をいただいたのを契機に独立し、母が住んでおり父の故郷でもあった福島県相馬市に店を開きました。二〇一〇年のことです。小さな店でしたが、私は絶対に成功してやろうと意気に燃えていました。すでに結婚し、息子も産まれていました。家族のためにも失敗は出来ない。そう思っていました。

そしてあの日、二〇一一年三月一一日がやってきました。住居と店舗を兼ねた建物は、一瞬で濁流《だくりゅう》に呑み込まれました。幸い家族にはたいした怪我もありませんでしたが、それ以外のすべてを失ってしまいました。

そして私は、腑抜《ふぬ》けになってしまいました。現実に打ちのめされ、一歩も前に進めなくなったのです。仕事も失い、毎日ただ呆然《ぼうぜん》としていました。

そんな私に妻は、相馬市を離れようと言いました。彼女は薬剤師の資格を持っていたので、どこででも仕事は見つかる。当分は自分が稼ぐからと言われ、離れたくないと言う母を残し、つてを頼って家族三人で名古屋に移り住みました。それからしばらくは主夫に徹しました。家事や子育てを受け持ち、ずっと家にいました。その頃はまだイクメンという言葉さえ一般的ではなかったので、公園で息子を遊ばせていると不審人物として警察の職務質問を何度か受けました。そんな生活を私は、しかしそれほど苦には思いませんでした。ただ心の奥底では「このままではいけない」と思っていながら、先に進むことができないでいたのです。

そんな私を立ち直らせてくれたのも妻でした。あれは二〇一四年のことでしたか、私に息子の靴を作れと言ったのです。来年小学校の入学式に履いていく靴が必要だからと。私は最初、断りました。そんなに簡単に言うな。道具も材料も何もないのにどうやって作るんだと。すると妻は私の前にクレジットカードを置いて、今すぐ道具と材料を揃《そろ》えなさい。そして作りなさいと命じたのです。その気迫に逆らえませんでした。私は言われるまま道具と材料を買い、靴を作りはじめました。久しぶりに作った靴を、息子は喜んで履いてくれました。二〇一五年四月、息子と一緒に入学式に出たとき、私は妻に言いました。もう一度、靴屋を始めたいと。妻は喜んでくれました。

翌二〇一六年に現在の場所に住宅兼店舗を構えました。最初は苦労しましたが三年ほどで仕事は軌道に乗りました。老いてきた母を説得して名古屋まで連れてきて同居してもらい、現在に至っています。

少し端折《はしょ》りすぎました。今はもう、母も妻もおりません。その代わりというか、息子は結婚して東京に住んでいたのが、こちらにひとりで帰ってこざるを得なくなりました。なので今は息子とふたり暮らしです。いい大人になってしまったバツイチの息子との生活は、いまだに奇妙な感覚です。それでもそれなりに平穏な暮らしだと思います。そんな日々の中でも時折、大震災のことを思い出します。あのとき津波が襲ってこなかったら、自分の人生はどうなっていただろうかと。もしもの話は虚《むな》しいばかりですが、歳を重ねてもそんな妄想を振り払うことができないのです……。

楢原卓弥さん、お便りありがとうございました〉

自分の名前が呼ばれるのを、卓弥は自分の仕事場で靴を叩きながら聞いた。

〈人の数だけ、体験があり歴史があります。楢原さんのお話も、貴重な歴史の一編だと思います。では最後に、楢原さんのリクエストにお応えしたく思います。楢原さんが靴職人の修業をしていた十代の頃に聴いていたという曲です。ではお聞きください。Aqua で「Cartoon Heroes」〉

軽快なティンパニの音から音楽が流れはじめる。ああこれだ、と卓弥は思う。あの頃この曲を……ほら……そう、ＭＤプレイヤーだ。あれに録音して何度も聴いた。自分が靴職人になれるかどうか自信がなくて、修業もきつくて、何度も挫《くじ》けそうになっていた頃、この曲で自分を励ましていたような記憶がある。靴職人はヒーローではないのだけど。

それでいい。自分は英雄になりたいと思ったことなどない。ただ……。

ぬるくなった茶を啜る。女性ボーカルの鼻に掛かったような甘く癖のある歌声が、卓弥の鼓膜《こまく》をくすぐったく刺激していた。

9　写真

優斗が本物の警察手帳を見るのは、これが二回目だった。一回目は東京に住んでいた頃、近所で起きた窃盗事件の聞き込みでやってきた刑事に見せられた。手帳と言いながらバッジと顔写真だけで手帳の機能はないということを、そのとき知った。同じものを今、目の前に突きつけられている。そこに貼られている写真の顔と持ち主を見比べた。

擦り切れたフェイクレザーのブルゾンを着ていた。五〇歳前後だろうか。東洋人にしては彫りの深い顔立ちだが、白人の血が混じっているのかどうかわからない。彼の後についている若い男は典型的なアングロ・サクソン系の顔つきをしている。優斗にとっては身分も名前も明かさないそちらの人物のほうが剣呑《けんのん》に思えた。

「グェン・ヴァン・クオンさんのことでお伺いしたいのですが」

名前を言われても、誰のことかすぐにはわからなかった。

「あなたの仕事の同僚にいますでしょ？」

「どの仕事でしょうか。いろいろ掛け持ちをしているので」

「工事現場の。ほら、見張りみたいな警備員みたいなことをする」

「ああ」

「思い出しましたか」

「いえ、思い出したのは仕事のことだけです。あの仕事の同僚？　誰……」

グエン・ヴァン・クオン。クオン……。

やっとひとりの男を思い出した。

「俺が現場代理人をやってるときに、誘導警備員で一緒になった」

「そうそう。その人物です。思い出しました？」

「ええ。でも、彼と一緒に仕事をしたのは二回くらいですよ」

「知ってます。勤務データは確認してますから」

その言葉に不穏な空気を感じた。

「彼が、何か？」

「所在を確認したいんです」

「会社のほうで把握してないんですか」

「住居はわかってます。でも、そこにいないんですよね」

刑事は困ったような顔をしてみせる。

「彼、何かしたんですか」

もう一度訊いてみた。

「いや、話を聞きたいだけなので」

またもはぐらかされた。これ以上は尋ねても無駄だろう。

「さっきも言いましたが、会ったのは二度だけです。彼のことは名前しか知りません」

「その二度のときに、何か話してませんでしたか。自分の事情とか、仲間のこととか」

「仲間？」

「誰か、他の人間の話はしてませんでしたか」

質問のほうも要点が見えない。

「そういう話は出なかったです」

そう答えるしかなかった。すると一緒にいたアングロ・サクソン人が刑事に耳打ちした。英語だった。刑事は頷き、優斗に言った。

「あなたと一緒に仕事をしているとき、グェン・ヴァン・クオンさんは通行車とトラブルを起こしてますね。いきなり進路を塞《ふさ》いだとか」

「ああ、はい。そういうことはありました。でもうっかりしてやったことだって本人は言ってましたけど」

「そのトラブルが起きたとき、彼がどんな行動をしたかご覧になってましたか」

「いえ。クラクションが鳴って見てみたら彼が道路に立っていて、車が停まってたんです。その瞬間は見ていません」

「その車に誰が乗っていたかは？」

「窓を開けて怒鳴ったので、顔は見ています。はっきりとは覚えてませんが」

優斗が言うと、刑事はデバイスを操作して画像を表示させ、彼に示した。

「この人物でしたか」

写し出されているのは五〇歳前後の男性だった。こちらを睨《にら》みつけるようにしている。身につけているのは画像からでも高価そうなのがわかるスーツだが、どこかふてぶてしさを感じさせる顔立ちがそれとは不釣り合いな印象を与えていた。

「そうです。そんな顔をしてました」

誰ですか、と訊きそうになって口を噤《つぐ》む。それ以上詮索《せんさく》するのは危険だ。

再び若い男が刑事に小声で話しかける。刑事のほうも英語で応じ、それから優斗に言った。

「あなたはグェン・ヴァン・クオンさんをどう思いましたか。印象でいいんです。あなたが感じたことを教えてもらえませんか」

「感じたことと言われても……」

「たとえば今の世の中や自分の境遇に不満を持っているとか、そんな印象はありませんか」

「そこまで深く関わったわけではないので、何とも言えませんね」

「そうですか。いや、わかりました。お時間を取らせてすみませんでしたね。ありがとうございます」

一礼すると、刑事は立ち去ろうとした。が、不意に立ち止まって、

「そうだ。もしも、もしもですが、グェン・ヴァン・クオンさんから連絡があったら、私に教えていただけますか」

そう言って、自分のデバイスを差し出した。

「ああ、はい」

優斗も自分のデバイスを出す。軽い着信音がして、刑事の連絡先が転送されてきた。

「でも、彼とは連絡先の交換をしてないですよ。だから俺のところに連絡は来るはずないです」

「ああ、そうでしたか。すみません」

刑事は軽く頭を下げ、若い男と共に去っていった。

ドアが閉まる音を聞いて、優斗は深く息をついた。

「行ったか」

卓弥が出てきた。どうやら近くで様子を窺《うかが》っていたらしい。

「何だろね、あれ。なんか不愉快だった」

優斗が顔を顰《しか》めると、

「それが警察の手だ。グェン・ヴァン・クオンという男とおまえに接点があるのかないのか探ってた」

「だから全然知らないって。こっちにあいつが連絡してくるわけないのに」

「それは向こうも承知だろう」

「だったらどうして俺に連絡先を教え……」

そのとき、やっと気付いた。

「俺があの刑事に紐付《ひもづ》けられたってことか」

「そういうことだ。どうやらそのグェン・ヴァン・クオンという男、相当厄介な人間らしい」

「厄介って？」

「刑事と一緒にいた男、たぶんＭＰだ」

「ＭＰ《military police》って……米軍？」

体内の血が降下していくように感じた。

「米軍に目をつけられるような奴には、思えなかったけど……」

「じゃあ、どんな奴だった？」

卓弥に尋ねられ、優斗はクオンのほっそりとした顔を思い出す。

――この世界は優しいですね。

彼はたしか、そう言った。

――誰も死なないように、死なないように配慮されている。それを破ることもできないくらい、しっかりと。それでも、死ぬときは一瞬。あっという間にたくさん死ぬ。それもまた優しさかな。どう思います？

「……あいつも、東京から来たんだ」

優斗は言った。

「たぶん、ひとがいっぱい死ぬのを見てる」

自分と同じように。

「大事なひとが死んだのかもしれない」

自分と同じように。

「命からがら逃げてきた。逃げられなかったひともいる。どうして自分は逃げられて、あのひとは逃げられなかったのかと思いながら。どうしてあのひとは死んだのか。どうしてカヤは……」

「それ以上はやめろ。おまえは自分の話をしている」

「ああ……ごめん」

優斗はリビングに戻った。ソファに座り足下のカーペットを見続けた。

ことり、と音がして顔を上げると、目の前のテーブルに湯気の立つコーヒーカップがある。卓弥はそれを置くと、仕事場へ行った。

ひとりになった優斗はゆっくりとコーヒーを啜る。デバイスを取り出しカヤの画像を表示させた。ピンクのおくるみに包まれた、まだ髪も生え揃っていない娘は、穏やかな表情で眠っている。

——死ぬときは一瞬。

クオンの言葉が甦《よみがえ》る。

なぜ。あれから何百回と繰り返した問いかけを、自分に向ける。なぜ？

なぜ俺は死ななかった？　なぜカヤは……。

視界が涙で歪《ゆが》みかけたとき、着信があった。

〈先程は失礼いたしました。グエン・ヴァン・クオンさんについて何か新たな情報がありましたら、連絡をいただければと思います。よろしくお願いいたします〉

何気ない文面だったが、優斗の頬は強張《こわば》った。

〈参考までにグェン・ヴァン・クオンさんの画像をお送りしておきます。もし見かけましたら、連絡をお願いいたします〉

添付された画像には正面から撮影された男の上半身が写っていた。履歴書に添付《てんぷ》されていたものだろう。まだ幼さが残っているようにも見える顔立ちをしていた。左目の下にほくろがある。

不意に思い出した。クオンと二度目に組んだときのことだ。その日も水道管取り替え工事の現場だった。住宅街の中だった。工事の音がうるさいと苦情を言いにきた住民がいた。優斗はひたすら謝りつづけた。そういう人間は事情を説明しても納得してくれないからただ謝れ、と指示されていたからだ。住民は優斗を散々罵倒《ばとう》した後に怒鳴り疲れて帰っていった。

大変だったね、と後で誘導員のひとりが缶コーヒーを手渡してくれた。優斗はそれを受け取り、礼を言った。

もうひとりの誘導員が、クオンだった。彼は優斗に何も言わなかった。横を向いたまま、こちらを見もしなかった。

その頬に涙が伝っていた。

もしかしたら見間違いかもしれない。でも、そう見えた。

現場を撤収して帰るとき、工事機械の座席に隣り合って座った。缶コーヒーをくれた誘導員が苦情を言いにきた住民のことを話しだした。ああいう奴が一番腹が立つ。俺たちは何も悪くないのに。だったら古い水道管が破れて水道が止まってもいいのか。俺たちだって必死に働いているんだから、と。

優斗は適当に相槌《あいづち》を打ちながら、内心はもう黙ってくれと思っていた。

誘導員が不意に言った。

「おい、何泣いてんだ？」

「おまえがなんで泣くんだ？」

見るとクオンが頰を濡らしていた。しかしなぜ泣いているのか、答えなかった。誘導員は何も言わなくなった。

事務所に戻り報告を済ませ、帰路についた。その日も帰りのバスがクオンと一緒だった。混んでいたのでふたりで並んで座った。

訊きたいことはあっても、訊けない。気まずい気持ちでバスに揺られていた。

クオンがデバイスを取り出した。ロック画面が中年の女性の画像だった。

「あ」

声が洩れる。クオンがこちらを見た。

「あ、ごめん。見えちゃった。それ、お母さんですか」

「……はい」

「そうか。よく似てるから……」

それきり話の接ぎ穂を失った。言葉は宙ぶらりんのまま、次の停留所を報《しら》せる車内アナウンスに搔《か》き消される。

「初めてです」

降車ボタンを押した後、クオンが言った。

「え?」

「メと似てるって言われたの」

「メ?」

「ベトナム語で母のことです」

クオンはデバイスをポケットに戻した。

「誰も、そんなこと言ってくれなかった」

バスが停まり、クオンは席を立った。

去り際に彼が何か言った。「ありがとう」と言ったように聞こえた。

言葉を返す間もなく、クオンはバスを降りていった。その背中が優斗の記憶している彼の最後の姿だった。

10
51

「老けたな」

開口一番、そう言われた。

「おまえだって、頭が白くなってるぞ」

卓弥が言い返すと、遼《りょう》は短く刈り込んだ自分の髪を撫《な》でて、

「染めるのが面倒になっただけだ。じつは三〇を過ぎた頃から白髪が増えてきてた」

「知らなかった。歳相応になったってことか」

「まあそうだ」

テーブルにハイボールとビールが置かれた。

「まずは乾杯だ」

グラスが触れ合う。

ビールを喉に流し込む遼を見ながら、卓弥は初めて彼に会ったときのことを思い出していた。

「おまえ、夜中に市役所前の広場で役所の建物のガラス窓に自分の姿を映しながら踊ってた」

「そういうのが屯《たむろ》ってた場所だったからな。スタジオ代わりだった」

「俺が声をかけた。なんて曲かって」

「ダンスじゃなくて、かけてる曲を訊いてきたんだよな」

「そういうおまえ、曲名を知らなかったよな」

「そういうおまえはブレイクダンスを知らなかっただろ」

「お互い知識が偏《かたよ》ってた。趣味も違ってた」

「なのに今でも付き合いが続いてる。不思議な縁だ」

縁、か。

「おまえとあのとき会わなければ、夏美にも会わなかった」

「俺が縁結びの神だ。御布施《おふせ》を忘れるな」

「御布施は神じゃなくて仏に渡すものだろ」

「違うな。布施は六波羅蜜《ろくはらみつ》のひとつで、他人に財物などを施すことで仏の境涯に到るというありがたい修行だ。今日の飲み代を布施にしてくれれば、おまえも仏になれるぞ」

「なる気はない。おまえみたいな生臭坊主に喜捨《きしゃ》するつもりもない」

遼は笑った。それから言った。

「もう五年か」

「ああ。再来月に命日が来る」

「早いもんだ。まさか夏美が先に逝くとは思わなかった」

「ああ」

「おまえには過ぎた女だった」

「ああ」

「知ってるか。俺だって少しは夏美のことが好きだった」

「知ってる」

「そうか」

遼は残っているビールを飲み干して、

「それで、後添《のちぞ》えはまだもらわんのか」

と言った。卓弥は口に持っていきかけたグラスを止める。

「この流れで、そういうことを言うか」

「もらわんのか」

「そのつもりはない。今更他人と一緒に住む気にはなれない。第一俺はもう年寄りだ」

「まだ還暦前だろ」

「金もない」

「自宅と店があって仕事も続けている。俺より安定した身分だ」

「寺の住職は、そんなに不安定な仕事か」

「不安定ってほどではないが、観光客が来るようなでっかい寺ではないからな。それにいまだに俺を認めたがらない檀家《だんか》もいる。なんたってジャピーノの住職だからな」

ジャピーノ……遼の母親はフィリピン人だった。

「久々に聞いた。今では差別語だぞ」

「本人が言う分にはいいだろ。俺だってさんざん言われてきた。寺の跡取りに外国人の血が混じってていいのかってな」

「苦労したな」

「それでも俺が継がなきゃ寺が無くなる。困るのは檀家の連中も同じだった。認めたくなくても俺を認めなきゃならなかったんだ。知ってるか。昔からは考えられないくらい、今は寺の存在が大事にされてる。というか、家系にこだわってる奴らが多い。日本がこれだけごちゃごちゃになったせいで、自分のアイデンティティをそこに求めるらしい」

「商売繁盛か」

「それほどでもないが、とりあえず食いっぱぐれはない。まさかこんな世の中になるとは思わなかったな。おかげで家族で仲良く暮らせている」

「お孫さんは元気か」

「今年幼稚園だ。息子も今は期間工だが、いずれは寺を継ぐ気でいる。後継者に不安はない。おまえの息子は靴屋を継がないのか。後継者不足というなら靴屋のほうが大変なんじゃないか」

「たしかに靴職人の後継者問題は深刻だが、あいつは俺の仕事を継ぐなんて一度も考えなかっただろう。俺もその気はなかった。そもそも継がせるような商売じゃない」

「でも、今は一緒に住んでるんだろ？」

「止むを得ずだ。本人も居心地が悪そうだ」

空になったグラスを店員に渡し、ハイボールのお替わりを頼む。

「おまえの息子、離婚したんだっけな。東京変災のせいか」

「それもあるかもしれん。逃げ出すときに娘を亡くしてるからな」

「それは……知らなかった。すまん」

「謝られることじゃない」

「いや、いい気になって自分の孫の話までしてしまった。気を悪くさせて申しわけない」

「謝るなって」

卓弥は微笑《ほほえ》む。

「別におまえのことを羨《うらや》んでるわけでもない」

カヤの死を夏美に知らせたときのことを卓弥は思い出す。もともと心臓の弱かった孫は避難の途中で発作を起こすと、充分な医療も受けられない状況で衰弱し、死んで

しまった。そのことを告げると、すでに病床にいた彼女は一言、

――じゃあ、あの子はもう苦しまなくて済むのね。

と言った。そういうことじゃないだろう、と思わず怒鳴りそうになる衝動を必死に抑えたのを覚えている。

あのときすでに夏美は、死に救いを見ていたのだ。

「……やりにくくないか」

「え？」

追想に気を取られ、遼の言葉を聞き逃した。

「息子とふたり暮らしってどんな感じだ、と訊いたんだよ。やりにくくないか」

「……どうかな。まあ互いに多少の遠慮はあるかもしれん。肉親だけに、いろいろある」

無難な答えかただな、と自分でも思う。

「いつまでそういう暮らしをするつもりだ？」

「さあな。あいつは一時的な同居だと、いい仕事と住居が見つかったら出ていくと言っていたが、どうなるか」

「先のことはわからんか」

「それはこの国に住んでる人間みんなが、そうだ」

届いたハイボールを一口飲んで、卓弥は言った。

「そもそも日本がどうなるかもわからないんだ。誰も将来のことなんか、知りようもない」

「だからといって、ただ流れに身を任せるだけでいいのか。この国のことを本気で考えたりしないのか」

何気ない問いかけだったが、遼の表情に少しだけ真剣なものが浮んでいるのを卓弥は感じた。

「そういう話は、おまえとはしたくないな」

そう応じると、遼は黙って頷き、二杯目のビールを飲み干した。

店を出ると、数人の集団とぶつかりそうになった。大柄な男が去り際に英語で何か罵声を浴びせてきた。

「このあたりも最近、米兵が増えてきたな」

ＥＬ照明に浮かぶ遼の表情には軽蔑の色が浮んでいた。

「知ってるか。米軍と警察が手を組んで思想犯狩りをやってるそうだ」

「思想犯？　昭和の話か」

「今現在の話だよ。政府の連中は本気でこの国を米国に売り渡す気でいるらしい」

遼は眉根を寄せた。

「おまえが言うとおり、この国が将来どうなっていくか見当もつかない。だが、独立国でなくなることだけは嫌だ」

そう言うと彼は着ているジャケットの前を広げた。内ポケットのあたりにバッジが付けられている。数字の51が斜めの赤いラインで打ち消されるデザインのものだ。

「本当はおまえと、この話をしたかった」

「言っただろ。そういう話は、おまえとはしたくない」

「わかった」

ジャケットを戻すと、遼は歩きだした。

卓弥は彼と並んで歩きながら、家にやってきた刑事とＭＰのことを考えていた。

昔に比べると面倒なことばかりだ。

「昔はよかった」

そんな彼の気持ちを汲み取ったかのように、遼が言った。

「そういうことを言い出したら年寄りの証拠だって、前に親父に言われたことがある。でも、だったらこの国にいる人間は今、みんな年寄りなんだな。きっと誰ひとり、今のほうがいいなんて思わないだろう」

「思うさ」

卓弥は答えた。

「少なくとも俺は思っている」

「本気か」

「たとえ過去がどんなに美しかろうと、今がどんなにハードモードだろうと、生きている今が一番いい」

「そう思わなきゃ、やってられないか」

遼は力なく笑った。

「卓弥、おまえは強いな」

「強い弱いの問題じゃない」

卓弥はそう言ってから、違うなと思った。たしかに今は強いか弱いかで何もかも量られている。強くなければと強がっている者ばかりだ。しかしそのことは友人には言わなかった。

見上げた空に、薄雲を纏《まと》った月が浮んでいた。頼りなげな輝きが、少しだけ眼に沁みた。

11　ポンポン

〈ご無沙汰しております。波濤《はとう》社の梶本です。以前はプラム出版でお世話になっておりました。覚えていらっしゃいますか〉

メールの文面を見つめながら優斗は記憶を呼び出した。プラム出版の梶本。覚えている。漫画の仕事をした最後の相手だ。

〈今回は新作執筆のお願いのため、ご連絡を差し上げました。ご存じでしょうけど楢原先生の既存作、電子書籍では結構読者にリーチしてるんです。今でも充分に需要があると思います〉

需要か。優斗は思わず笑ってしまう。同じ言葉を使って彼は自分を切った。あなたの作品はもう需要がないと思いますよ、と。

掌《てのひら》なんて何度ひっくり返しても減らないと思っているのが編集者だ、と先輩漫画家に教えてもらったことがある。ひっくり返る音を何度も聞いたよ、と。優斗も今、その音を聞いた気がした。

すぐに返事を書いた。仕事が忙しくて作品を仕上げている時間がありません。お申し出はありがたいのですが、辞退いたします。そう書いて送った。それきり忘れてしまうことにした。

しかし、なかなか忘れられなかった。


最後に動物園に行ったのは何年前だったか、もう思い出せない。少なくとも成人してからは足を踏み入れてこなかったはずだ。

トラの檻《おり》の前に佇《たたず》みながら、優斗は自分を少し笑った。どうして今になって動物園なのか。

きっかけは父だった。

「これ、どうしたの？」

テーブルに動物園の園内マップが置かれていた。ポケットにでも突っ込まれていたのか、くしゃくしゃになっている。

「行ってきた」

素っ気なく卓弥が答えた。

「動物園に？　誰と？」

「ひとりだ。たまに行く」

意外だった。

「何しに行くの？」

「動物を見に行くのに決まってるだろう」

「そりゃそうかもしれないけど……父ちゃん、動物好きだったっけ？」

「嫌いじゃない」

コーヒーを啜りながら、卓弥は言った。

「おまえは動物が嫌いだったな。子供の頃に連れて行っても、つまらなそうにしていた」

「嫌いってほどでもない。でも関心はなかった。どっちかっていうと遊園地のほうが好きだったかな。乗り物に興味があった」

「そうだったな。俺も若かったときは車の運転が好きだった。自動運転には最後まで抵抗した」

「今は？」

「全部ＡＩ任せにしてる。面倒なことはしたくない」

「でも動物園には行くんだ。映像で見られるのに」

「いくら３Ｄでも、やっぱり生身の生き物とは違う。一番の違いは臭いだ」

「ああ、動物園は臭かった」

「あの臭いは、生きているものの証だ。バーチャルでは再現できない」

今はＶＡ《バーチャル・アロマ》の研究も随分進んでるけどね、と内心では反論したが、言葉にはしなかった。

その話は、それきりだった。だがひとりになって寝床に入ったとき、自分が動物の臭気を思い出せないことに気付いた。記憶にはある。しかし脳内で再現ができない。

そのまま寝てしまえば、忘れてしまう些細なことだった。だがその夜はなぜか、なかなか寝つけなかった。しかたない、動画でも観るか。優斗は起き上がり、デバイスを立ち上げた。アニメの続きを観るつもりだった。だが表示された一覧にトラの顔をサムネイルにしたものがあった。無意識にクリックすると動物園でトラが歩き回っている動画だった。一般客が撮影したらしい、特になんということもない映像だったが、優斗は三分ほどのその動画を結局最後まで観た。トラはただ歩いているだけだったが、なぜか引きつけられた。その四肢の動きは迷いがなく、自信に満ちているように見えた。その眼は人間とは違っていたが、明らかに意志の力が感じられた。

ポンポン。

不意に、その言葉が脳裏に浮んだ。フランソワ・ポンポン。二〇世紀初頭に活躍したフランスの彫刻家だ。その名前を検索し作品画像をディスプレイに表示させる。彼が得意としていたのは動物彫刻だった。シロクマ、カバ、フクロウ、ブタ。どれもシンプルな造形で、それなのに今にも動き出しそうな躍動感にあふれている。優斗はポンポンの動物彫刻が好きで、何年か前の展覧会を観に行ったこともあった。

動画の中のトラの動きは、ポンポンの彫刻を思い出させた。動物とはこんなにも「動く物」だったのか。当たり前のことを新鮮に感じた。

そして次の休日、優斗の足は動物園へと向かった。

トラは寝ている。

大きな肉球をこちらに向けて横たわっていた。尾の先さえ動かない。ただ腹部がかすかに上下しているのがわかるだけだ。

そうだよな、と優斗は思う。動物園の動物って、たいてい寝ているものだ。

「トラさん、動かないねえ」

同じくトラ舎を眺めている男性が、一緒にいる花柄のワンピースを着た小さな女の子に言った。その隣には女性も立っている。親子だろうか。

女の子は何も言わず、じっとトラを見つめていた。こちらからは横顔が見えるだけだが、その眼差しには真剣なものが窺えた。

幼い女児を眼にするたびに感じる心の痛みが、そのときも襲ってきた。カヤが生きていたら、こうして一緒に出かけたりできただろうか。

考えても意味はないのに、それでも考えてしまう。

「そろそろ行きましょうか」

女性が呼びかけた。しかし女の子は動かない。ガラスに鼻を付けるようにして眠るトラに見入っている。

「ナズナ」

若干の苛立《いらだ》ちを交えた声で男性が名を呼んだ。

「もう少し」

女の子が小さな声で言った。

「もう少し、トラさんの声を聞きたいの」

「声？　寝てるだけだよ」

男性が訝しげに言う。しかし女の子は首を振った。

「言ってる。すーすーって」

それからしばらく女の子はトラ舎の前に佇んでいたが、お昼を食べるからと促され、離れていった。

優斗は女の子がいた場所に立ち、耳を澄ませた。動物園を行き来する人々の喧騒《けんそう》以外、何も聞こえない。

それでも眠るトラを見ていた。すると、ゆっくりと動く腹に合わせ、聞こえた。

すー、すー。

錯覚かもしれない。でもたしかに寝息のようだった。

すー、すー、すー。

音の向こうから、何かが見えた気がした。優斗は肩にかけていたトートバッグを開き、中を探った。突っ込んだまま存在を忘れかけていたメモ帳とペンシルが見つかる。メモ帳を広げ、余白に描きはじめた。

三〇分ほどで完成した。無防備に眠るトラと、その腹に頭を預けて同じく眠っている女の子。着ているワンピースにプリントされたのと同じ花が、彼らを囲んでいる。

自分が描きあげた絵を見つめ、優斗は息をつく。今でも絵を描くのは楽しいと思える自分を、少し面白く感じた。

顔を上げると、トラと眼が合った。起きたようだ。のっそりと身を起こし、こちらに歩いてくる。

ああ、ポンポンだ。ポンポンの彫刻そのものだ。トラの動きを見ながら優斗は嬉《うれ》しくなった。

トラはガラスに顔を付けそうなほど近くにやってきた。優斗は自分が描いたトラの絵を彼——あるいは彼女に見せた。反応はない。すぐに離れていった。

君が気に入らないなら、この絵はあの女の子にあげよう。いや、いきなり絵を渡しても警戒するだけか。ならば。

優斗はメモ帳とペンシルをバッグに戻した。このトラと女の子は、連れて帰ろう。そして彼らの物語を考えてみよう。

動物の臭いとは違う、香ばしい匂いを感じた。売店から漂ってくる醬油《しょうゆ》の焦げる匂い。とたんに空腹を覚える。優斗は食堂に向かって歩きだした。

12　声

「楢原さん」

声をかけられた。青い服を着て同じ色のニットキャップを被った小柄な老婦人がこちらを見ている。

顔はすぐに思い出した。名前はたしか……。

「……三ツ谷《みつや》、さん？」

「はい、そうです。ご無沙汰してます」

老婦人はニット帽を被った頭を下げた。首に巻かれた同じ色合いのマフラーが、ふわりと揺れる。

「お久しぶりです」

卓弥も会釈《えしゃく》する。

その後が続かない。どちらも沈黙。

「……あ」

「……あ」

声を発しようにも間が合わない。妙にどぎまぎしてしまった。また冷たい風が吹きつけてきた。

「……寒いですね」

「そう、ですね」

ぎこちなく応じると、三ツ谷が言った。

「温《あたた》かいお茶、飲みませんか。コーヒーでもいいですけど」

近くの喫茶店に入ると、いきなり頭を下げた。

「すみません、ちょっと帽子、被ったままでいいですか」

「え？　あ、はい」

返事をすると、相手は少し微笑む。ニットキャップから露出しているもみあげのあたりにも項《うなじ》にも髪はない。おそらく帽子の下も同じなのだろう。

「ご病気をされていたとか」

「先週、やっと退院できました」

　三ツ谷が答えた。

「みんな、夏美さんのおかげです」

　そう言ってから、少し気後れしたように、

「すみません、変な言いかたをして。でも本当にそう思ってるんです。夏美さんのことがあってからわたし、毎年健診を受けるようにしてて、そのおかげで比較的早く腫《しゅ》瘍《よう》が見つかりました。お薬で治せたんです」

「それは、よかったですね」

「はい、命拾いしました。『今は医学も進歩してて、あなたのような病気も治せるんですよ』って先生に言われて。ありがたいことです。でなければわたしも夏美さんみたいに……あ、すみません」

「いえ」

　何を謝られているのかよくわからないまま、卓弥は相槌を打つ。

「あの」

呼びかけられ、窓から視線を戻した。三ツ谷は躊躇《ためら》いがちにこちらを見ている。

「あの……よかったら教えていただきたいんですけど」

「何でしょうか」

店員が水が入ったコップを持ってきたので話が中断する。コーヒーを頼んで再びふたりになってから、三ツ谷は話題を戻した。

「あの、奥様は、夏美さんはどうして、あんな決心をされたのですか」

あんな決心……。

「すみません、こんな不躾《ぶしつけ》なことを訊いてしまって」

表情に出てしまったのか、三ツ谷はひどく恐縮している。いいんです、とか、かまいません、とか言うべきかもしれない。しかしそんな言葉を口にする余裕はなかった。

三ツ谷のほうは苦しそうなまま、続けた。

「……わたしも、少しだけ考えたんです。宣告されて、治療計画について話されたとき、『いっそこのまま』って。辛い治療なんかしないで、いっそ楽になったほうがいいんじゃないかって。今はほら、法律もできたことですし」

一生懸命言葉を選びながら話している。これ以上こちらを傷付けまいと気を遣っている。それはあからさまにわかった。

「あなたは、妻とは違います」

自分も言葉を選ぶべき、なのかもしれない。そう思いながらも卓弥は、思ったことを口にしていた。

「だって、治ったじゃないですか。治療ができたんです。妻は、助かる命を無駄に放り出したんじゃない。これ以上苦痛を引き延ばしても良くはならないことがわかっていた。だからあなたの言う法律の助けを借りました」

最初は高ぶっていた感情が、話しているうちに冷めてきた。このひとも病の恐怖を前にして苦しみ、迷ってきたのだろう。そのことを責めることはできない。自分には、その資格などない。

「たしかに今は法律の規制も緩《ゆる》くなって、三ツ谷さんのような病状でも安楽死を認めてもらうことが可能なのかもしれない。でも、それを選ばなければならないわけじゃない。国が推進している医療費削減のための病人減らしに、こっちから協力してやる必要もないんです」

彼の話を聞いている三ツ谷の眼が潤んでいた。

「もしかして、誰かに圧力をかけられたんですか。早く死ね、とか」

「そんなこと……」

彼女は首を振る。しかしその表情が言葉を裏切っていた。

注文したコーヒーがやってきた。卓弥は砂糖を少しだけ入れ、ゆっくり啜る。三ツ谷は俯《うつむ》いたままカップにも手を出さなかった。

彼女の胸につかえている思いを聞くべきだろうか。そうしなければならない筋合いはない。だがこのままなら、たぶんこの女性はこの先、こうして俯いたまま過ごしていくのかもしれない。生き延びてしまったという負い目を抱えて。

「話してみてください」

卓弥は言った。三ツ谷は一瞬顔を上げ、すぐに眼を伏せた。それでも待っていると、ゆっくりとまた顔を上げて、言った。

「わたし、子供の頃から、役に立たない人間だと言われてきました。何の取り柄もなくて。学校を卒業して仕事を始めたときも上司に言われました。結婚してからも夫に似たようなことを言われてきました。そういう人間だと自分でも思ってきました。自分は役立たずだと」

泣いてはいなかった。むしろ声は先程より明るくなっている。

「こんなことをお話しするの、楢原さんでふたり目です。もうひとりは奥様、夏美さんでした。あのひとは不思議な方でした。わたしより年下なのに、ずっと度量が大きいというか、心の広い方でした。聞き上手でわたしの愚痴も嫌がらずに聞いてくださって。なのでつい、誰にも言わなかったそんな話もしてしまったんです。そしたら夏美さん、にっこりと微笑まれて一言、『それはお辛かったですね』と仰ったんです。わたし、もしも『世の中に役に立たない人間なんていない』とか『みんな辛いんだ』みたいなことを言われたら、それ以上何も話さなかったと思います。でも夏美さんは『辛かったですね』と言ってくれたんです。それだけで、なんていうか心が軽くなったみたいな気になりました。夏美さんは本当に優しい方でした」

そう。夏美は優しかったかもしれない。自分自身以外には。

「そんな優しいひとがどうして、ご自分が病気になったとき、自ら命を断つ決断をされたのか、わたしにはどうしてもわからないんです。先程仰ったように、もう治らないとわかっていたとしても、それでもあのひとなら最後まで希望は捨てなかったと思うのに。もしかしてまわりのひとに気を遣って、それであんなことを決めたのかなって、そんなことを考えてしまって」

わかってない、と思った。それはしかたない。長く一緒に暮らしている人間でさえ、わかりかねていたのだから。

「夏美の決断には、彼女以外誰も関与していません」

私も。

「彼女は誰にも影響されず、誰にも相談しませんでした」

私にさえも。

三ツ谷は卓弥に眼を向けた。

「楢原さんは、反対されなかったのですか」

当然、訊かれると思った。

「した、と思います」

曖昧な言いかたしかできなかった。

「しかし最後には、彼女の意志を尊重しました」

本人が決めたことに、他人が口を挟めはしないのだ。たとえ夫であっても。

「さっき、夏美なら最後まで希望を捨てなかったのではないかと仰いましたよね。それは正しいです。彼女にとって死ぬことが、最後の希望でした」

「そんな……どうして？」

三ツ谷の問いかけに答える前に、卓弥はコーヒーを啜った。今日は砂糖を入れないほうがよかったな、と思った。

「彼女は、夏美にとって生きることは、希望ではなかったからです」

「そんなに病気が辛かったと？」

「いえ、病気とは関係ありません。夏美はずっと、生きていることに絶望していたんです。私と結婚する前から、ずっと」

「それはでも、どうして？」

「理由はわかりません。彼女も最後まで教えてはくれなかった。ただひとつ、言っていたことがあります。『生きるために呼吸は必要だけど、呼吸をするために生きようとは思わない』と」

自分の言葉にますます困惑しているらしい三ツ谷を見て、やはり話すべきではなかったと後悔した。しばらくの間を置いて、彼女は言った。

「それで……それで楢原さんはよかったのですか。納得されたのですか」

「納得などしていません。しかしもう、どうしようもない」

私は、彼女を許していないのだろうか。

自らへの問いかけを押し戻すように、卓弥はコップの水を飲み干した。

13　思い出の品

あ、と思った。
立ち止まり、振り返る。
さっきの男、たしか……。
雑踏の中に、その姿はすでに消えていた。
見間違いだろうか。しかし……。
優斗の脳裏に刑事から見せられた画像が甦る。
似ていた。やはり彼だったのか。
――この世界は優しいですね。
一瞬、追いかけようと思った。もう一度彼に、クオンに会って話したかった。
――死ぬときは一瞬。あっという間にたくさん死ぬ。それもまた優しさかな。どう思います?

あのとき、問いかけられたのに、ちゃんと答えられなかった。今でも答えられるかどうかわからない。でも、話したかった。

君も、誰かを失ったのか、と。

心の中で発した問いは、優斗の中で反響し減衰し、消えていく。

名古屋駅前の歩道は、人であふれていた。立ち止まっている優斗にぶつかっても表情を変えず、歩き去っていく。自分は流れを邪魔する物体としてしか認識されていない。

ペンを買うためにわざわざここまで出てくることもなかったのだ。ネットでも買えたのに。さっさと手に入れて帰ろう。優斗は歩きだした。

向こうから断続的な重低音が聞こえてきた。

――日本をアメリカに売り渡すな!

音量を上げすぎて割れた野太い声が、鼓膜から胃のあたりまで不快に響き渡る。街宣車だ。トラックの荷台をステージにして、古墳時代の人間のような衣装に歌舞伎風の隈取《くまど》りを施した三頭身の男が、肩と太股を露出した花魁《おいらん》衣装の女を従えてアジっている。

男が見得《みえ》を切ると、３Ｄプロジェクションのアニメキャラが飛び回り、数字の51が赤い斜めのラインで打ち消されるデザインのロゴが大写しになった。

——日本は51番目の州じゃない！

道行く人々はアピールに関心を示す様子もなく、通りすぎていく。優斗もまた同じように街宣車の前を過《よ》ぎろうとした。

——東京変災はアメリカの陰謀だ！

隈取り男が叫んだ。

——君たちは犠牲者に恥ずかしくないのか！　このまま日本がアメリカのものになっていいのか！

犠牲者。優斗の足が止まりかける。

「何言ってやがる」

通行人のひとりが吐き捨てるように呟くのが聞こえた。

「中国に征服されるより、ずっとましだろ」

優斗は足を早めた。街宣車のアジテーションからも通行人の呟きからも離れるために。

買い物を済ませ、地下街のラーメン屋で昼食を取っていると、デバイスがメールの着信を報せた。

海底のトレジャー・ハンティング、つまりゴミ拾いを主催しているNPOからの、サーバーが不正アクセスの被害に遭ったという報告だった。登録会員の情報が盗まれた可能性がある。まことに申し訳ない。至急対応するが、何らかの被害を受けた会員にはお詫びする、とのことだった。

優斗は大豆叉焼《チャーシュー》を口に運びながら、その文面を読んだ。ハンティングに参加するときにNPO側に渡したのは住所氏名メールアドレスくらいだ。それくらいならたいした問題ではない。そもそも、この程度の情報漏洩《ろうえい》に過敏になるほどデリケートでもなかった。

残りの麺を啜り、店を出る。地下街の階段から地上に出ると、アーケードに巨大なマネキン人形が立っているのが見えた。七〇年前からデパートの宣伝用に設置されているもので、今は季節を先取りした水着姿だ。優斗はそのマネキンをぼんやり眺めてから、踵《きびす》を返した。

百貨店前の舗道に毛布が敷かれ、その上にクリーム色のラブラドール・レトリバーが一頭、座っていた。高齢犬のようで、ずいぶんと汚れたハーネスを身につけていた。その傍《かたわ》らには二次元コードを掲げた女性が立って、盲導犬育成のための募金を呼びかけている。優斗は自分のデバイスを取り出し、金額を設定して二次元コードにかざした。

「ありがとうございます」

女性が頭を下げた。

「犬、触ってもいいですか」

「どうぞ。大人しい子ですから」

知っている。ここにいる犬はいつも、大人しい。優斗は犬の前にしゃがみ込み、大きな頭を撫でた。犬は眼を閉じて撫でられるままにしていた。やはり大人しかった。

「この子の名前は何ですか」

尋ねると、

「ジャスミンって言います」

女性が答えた。

「え？」

思わず声が出る。

「本当にこの子、ジャスミンなんですか」

「ええ」

「何歳？」

「十一歳ですけど」

「十一歳……やっぱり違うか」

「何がですか」

「いえ」

そのまま立ち去ろうとしたが、女性が訝しげな表情をしていたので説明しておくべきだと考えなおした。

「ここ、ずっと盲導犬が来てますでしょ。募金のために」

「ええ、昔から利用させていただいてるみたいですね」

「俺の子供のときにも、いたんですよ。あの頃は募金箱に現金を入れてた。俺、親に小銭をもらって募金して、犬を撫でさせてもらってました。そのときにね、犬の名前を訊いたんです」

「その子の名前が、ジャスミン?」

「ええ。まさか同じ犬だとは思えないけど、そのときのジャスミンも白かった」

「それはきっと、何代か前のジャスミンですね」

女性が答えた。

「盲導犬の名前はパピーウォーカーさんが付けるんです」

「パピーウォーカー?」

「盲導犬の候補となる仔犬を生後六〇日から一歳になるまで飼育するボランティアのことです。その後で訓練を受けて適性のある子が盲導犬になります。きっとあなたが子供の頃に出会った子とこのジャスミンは、同じパピーウォーカーさんに育てられたんでしょうね」

そうだろうか。同じパピーウォーカーが違う犬に同じ名前を付けたりするものだろうか。違うパピーウォーカーがたまたま同じ名前を付ける可能性は本当にないのか。優斗は頭の中で反論する。しかし言葉にはしない。そのかわり、彼女に言った。

「なるほど」

女性は微笑み、別の二次元コードを優斗に示した。

「募金のお礼に、ジャスミンの壁紙をお配りしています。よろしかったらダウンロードしてください。この子のプロフィールも書いてありますから」


帰りの地下鉄車内で、そのファイルを開いた。まだ現役の頃らしい、地下街で見たときより若々しいラブラドール・レトリバーの画像が出てきた。

添付されているプロフィールを読む。名前はジャスミン。二〇二九年、静岡生まれ。名古屋のパピーウォーカーに育てられ二歳で盲導犬デビュー。ユーザーは東京の女性で、二〇三三年まで共に暮らす。しかしユーザーの死去に伴い、大阪の別のユーザーの元に移る……。

優斗はその文面を見つめていた。二〇三三年、東京。そのときに何があったのか、知っている。

――東京変災はアメリカの陰謀だ！

隈取り男の叫びが甦る。

くだらない陰謀論だ。あれはアメリカとか、どこかの国が起こしたようなものではない。

ただの悲劇だ。


夕飯のとき、卓弥に言った。

「駅前に盲導犬、いたでしょ」

急な問いかけに、父親は訝しげな顔つきになる。

「何の話だ？」

「ほら、盲導犬の募金でさ」

「……ああ、名古屋駅前か。いたな」

「今日もいた」

「ほう」

「まあ、それだけなんだけど」

「そうか」

卓弥はそう言って、食事を続けた。優斗もそれ以上、何も言わなかった。

食べ終えて食器を片づけているとき、卓弥が不意に言った。

「盲導犬も、数が減っているそうだ」

「そうなの?」

「視覚障害者支援のＡＩロボットに置き換えられているらしい。それに数年後には人工眼球が実用化するとかニュースで言ってたな」

「じゃあ盲導犬はどうなるんだろう?」

優斗の疑問に、卓弥は素っ気なく答えた。

「ただの犬になる。それだけだ」


風呂から出てくると、メールが入っていた。

〈お尋ねの件、調べてみました〉

ジャスミンを連れていた女性からだった。入浴前に優斗のほうからプロフィールに添えられていたアドレスにメールを送っていたのだった。

〈ジャスミンの最初のユーザーさんは、お尋ねのとおり二〇三三年の東京変災で亡くなっています。なぜジャスミンは無事だったのかというと、じつは当時ジャスミンに腫瘍が見つかり、その手術のために甲府の動物病院に入院していたからでした。彼女にとっては幸運なことだったと言えるでしょう〉

　幸運。たしかにそうかもしれない。犬なら残された者の苦痛を味わうこともないだろうし。

〈縁があってジャスミンはその後、大阪のユーザーさんに引き取られ、そこで盲導犬としての任期を最後まで務めました。でもそのユーザーさんのお話では、ジャスミンは前のユーザーさんが使っていたハーネスを新品に取り替えることをとても嫌がったので、ずっと古いハーネスを使い続けることになったそうです。前のユーザーさんとの思い出の品だったからではないかという話でした。なのでジャスミンは今でも、そのハーネスを付けています〉

　あの汚れたハーネス。残された者の、苦痛。

　優斗は不意に込み上げてきた感情を訝しんだ。なぜこんなことで、泣かなきゃならないんだ。自分に呆《あき》れながら、彼はしばらく泣いた。

　泣きながら思った。違うぞクオン。死んでしまうことは、優しさなんかじゃない。絶対に、ない。

14　黒とピンク

白のチャコールペンシルで型紙から写し取った線の上を、革包丁が滑っていく。本革が切断される感触と柔らかな截断音を味わうのは久しぶりのことだった。たしかにこれは、いい革だ。

これであんたが作れる最上級の靴を作ってくれ、と一枚のヌメ革が持ち込まれたのは二週間前のことだった。依頼主は何度かビスポーク――オーダーメイドの靴作りを依頼されたことのある那岐《なぎ》藤太《とうた》という男性だった。

「俺のじゃない。こいつのを頼む」

彼が連れてきたのは十歳前後の少年だった。顧客リストを作成したときに記入されたデータによれば名前は那岐ノア。十一歳。住所は那岐の住む高級住宅街ではなく、卓弥の家からそれほど遠くない町のアパートだった。

「こいつの足にぴったりのを頼む」

藤太は重ねて言った。少年は彼の後から覗くように店の中を見回していたが、藤太に軽く頭を叩かれ、はっとしたように気を付けの姿勢をとった。黒い瞳がまっすぐに卓弥を見つめた。

「本当にぴったりのでよろしいのですか」

藤太に確認した。

「まだ育ち盛りです。すぐに足のサイズが合わなくなるかもしれませんが」

「かまわん。今こいつに合うものが欲しいんだ」

「承知しました。では足の計測をします」

ノアに裸足になってもらい、３Ｄ計測器に足を入れるように指示する。ノアは少し怯えた顔になって、

「痛くない？」

と尋ねてきた。

「大丈夫。全然痛くないです」

それでもおっかなびっくりといった様子で、彼は灰色のボックスに足首まで突っ込

む。五秒でデータが読み込まれた。

次に靴のデザイン選定。これは藤太が決めた。

「とにかく、一番いいものにしてくれ」

「フォーマルかカジュアルかにもよりますが」

「王侯貴族と会うときにも引けをとらないのがいい」

「ならばフォーマルなストレートチップですね。色はシンプルに黒がいいかと」

陳列棚から現物を持ってくる。藤太はちらりと見て、

「ああ、それでいい。いつできる？」

「四カ月から五カ月といったところです」

「そんなにかかるのか。もっと早くならないか」

「以前、那岐様がこちらで靴をオーダーしてくださったときも五カ月かかりました。途中で仮靴で試し履きしていただいて履き心地の微調整もしなければなりませんから」

卓弥が説明すると藤太は不満そうな顔になって、

「二カ月で完成させてくれ」

と言った。

「二カ月、ですか」

「金は出す」

当然のことのように、彼は言った。

「他の仕事は全部後回しにして、この靴に専念してくれ」


「機嫌、悪そうだね」

向かい合った食卓で、優斗に言われた。

「別に」

返した言葉に棘《とげ》があることを、自分でも認識していた。

「仕事で少し、プライドを傷付けられた」

口に出して言ってから、少しばかりではないと気付いた。かなり傷付けられた。

「断ったの？」

「いや。本革を手に入れられる誘惑に勝てなかった」

「そんなに珍しい？」

「培養肉でない生肉を手に入れるのと同じくらいには」

そう言ってミートボールを口に入れる。最後に生牛の肉を食べたのは、いつだったか。もう味も覚えていない。培養肉より美味かったという記憶は残っているが、思い出補正がかかっているかもしれない。

「父ちゃん、やっぱり職人だな」

意外なことを言われた。

「プライドを捨てて実を取っても、か」

「そうだよ。自分のやりたいことをするためならプライドなんか捨てちまう。そういうのを職人って言うんじゃないの？」

「利いた風なことを」

怒っているのか笑いたいのか、自分でもよくわからなかった。

「俺には最初からプライドなんかなかったからなあ」

ノンアルコールビールを飲みながら優斗が呟く。

「漫画家のときのことか」

尋ねてみると、彼は口の端を少しだけ緩めて、

「漫画を描いてるときはプライドどころか人権だって売っぱらってたよ」

と露悪的に言い、沢庵《たくあん》を口に放り込んだ。

「大根は培養しないんだな。難しいのかな」

「家畜を飼育することに比べれば、土に種を蒔《ま》いて育てるのは地球への負担は少ない、ということなんだろう。俺はプライドを捨ててはいないぞ」

「え？　さっきの話？」

「ちょっと傷付いただけだ。絆創膏《ばんそうこう》を貼って切り替えた」

「絆創膏ってのが古いな」

優斗は笑った。


仮靴の試し履きにはノアがひとりでやってきた。靴べらの使いかたも知らないようなので、椅子に座らせて卓弥が履かせた。靴紐の両端を引き、足にフィットさせてから結ぶ。

「立って、歩いてみてください」

言われるまま、ノアは店の中を歩きだす。

「なんか、変な感じ」

「どこがでしょうか」

「よくわかんない。でも変」

違和感を言葉にすることができないのか、口を尖《とが》らせながら床をたんたんと踏み叩いたり、爪先《つまさき》立ちしてみたりする。その様子を見て、卓弥は尋ねた。

「革靴を履くのは、初めてですか」

「そうかも」

「いつも履いているのはスニーカーでしょうか。だったら、靴が固く感じるかもしれません」

「うん。固い。そんな感じ」

「それなら履いているうちに慣れてきます。足が靴の中で詰まって感じられたり、どこか痛く感じるところはありませんか……どうしました?」

少年が奇妙な顔をしている。

「なんか、変」

「どのあたりが?　右足ですか。左足でしょうか」

「靴じゃない。おじさん」

ノアは卓弥に向かって言った。

「おじさん大人なのに、どうして俺にきちんと喋るの？」

「きちんと？」

「歩いてみてください、とか、かもしれません、とか」

「それは、あなたがお客様だからです。お客様に対して丁寧な言葉遣いを心がけるのは当然のことです」

「俺、お客様なの？　俺が金払ったんじゃないよ」

「でも、あなたのために靴を作っています。私にとってあなたは、お客様です」

卓弥の言葉に、ノアは首を曲げたり肩を竦めたりして、

「なんか、変。恥ずかしい」

笑いながら言った。

「でも俺がお客様だったら、なんでも言うことを聞くの？」

「この靴作りに関してなら、可能な限り要望に応えます」

卓弥が頷くと、ノアは眼を輝かせた。

「じゃあさ、ピンクにしてよ、靴」

「ピンク、ですか」

「俺、ピンクが好きなんだ。母ちゃんに買ってもらった。でもまだピンクの靴は持ってない。ピンクにしてよ。いいでしょ?」

身を乗り出すようにして懇願してくる。

「それは、できません」

「えー? どうして?」

「那岐様からはフォーマルな靴をと注文をいただきました。この場合、色は黒と決まっております」

「どうして?」

「そういう決まりなんですよ」

「そんなあ。なんでも言うこと聞くって言ったじゃん」

ノアは身をよじらせて抗議する。

「フォーマルな靴を作るということが前提で、その上であなたの要望に応えると言ったんです。基本は崩せません」

卓弥が拒絶すると、少年の眼にみるみる涙が溢《あふ》れてきた。

「俺、やだよ。こんな靴履くの。こんな靴履いて母ちゃんに会いたくない」

「お母さんに？　どういうことですか」

「母ちゃん、メールしたり贈り物くれたりするけど、ずっと会ってない。俺がちっちゃいとき、父ちゃんとリコンして。父ちゃんと俺、ふたりで住んでて、父ちゃん、いつもお酒飲んで寝てて、だから母ちゃんが俺を引き取りたいって。でもじいちゃんがいやだって言って、父ちゃんはちゃんと仕事してて俺のことも大事にしてるって、母ちゃんに見せるって。いい服着て、いい靴履いてるとこ……」

嗚咽《おえつ》で言葉を途切らせながら、ノアは一生懸命に話した。

「でも俺、母ちゃんが買ってくれた服着て、会いたい。ピンクの服ちゃんと着てるって、見せたい。だから靴も、ピンクがいい」

泣きじゃくる少年が履いている仮靴を、卓弥はしばし見つめていた。そして言った。

「ふたつ、質問させてください。お母さんと会うときは、那岐様、お祖父《じい》様も一緒ですか」

「ううん。俺ひとりで会う。じいちゃんも父ちゃんも、母ちゃんに会いたくないって」

「もうひとつ。あなたが持っているピンクの服というのはどんなですか」

「えっと……」

ノアは自分のデバイスを取り出し、一枚の画像を表示させて卓弥に見せた。リネンらしいピンクのセットアップだった。それを着ているノアの表情は、とても明るかった。

「カジュアルですね。わかりました」

卓弥は頷く。そしてノアに言った。

「色の件は別にして、履き心地について教えてください」

完成したストレートチップを履いた姿を見て、藤太は満足したように頷いた。

「似合ってる。ぴったりだ」

これもどこかでオーダーしたらしい黒いスーツを着込んだノアは、困ったような笑みを祖父に見せている。

「誰からも文句は言われまい。なあ?」

同意を求められ、卓弥は頷く。

「いい仕事をしてくれた。金は足りたか」

「十分すぎるほどです。残った革ですが、これは私が使わせていただいてもよろしいのですね」

「好きにしていい。ノア、俺はこれから出かけなきゃならん。ひとりで帰れるか」

「うん」

藤太はおざなりな笑顔を孫に見せ、ひとりで店を出ていった。途端にノアの表情が曇る。

「黒、嫌いだ」

「フォーマルなものには慣れておくべきです。いつか役に立つこともある」

「でも……」

「ピンクのほうがいいですか。では」

卓弥は店の奥から一足の靴を持ってきた。たちまち少年の眼が輝く。

「ピンクだ！」

「カジュアルな装いに合わせられるよう、ローファーに仕立てました」

「これ、誰の？」

「あなたのです」

「うそ!?」

「残った革で作りました。お母さんと会うとき、どちらの靴で行くかは、あなたが決めるといい」

卓弥はピンクのローファーをノアに渡した。少年は真新しい靴を慈《いつく》しむように見つめている。

「気に入りましたか」

「うん。すごく。ありがとう」

「礼を言う前に、履いてみてください。これはまだ完成品ではない。足に合っているかどうか確認しないと」

卓弥はノアの前にしゃがみ込み、彼が履いている黒い革靴の靴紐を解いた。

「ひとつ、約束してください」

「なに？」

「この黒い靴も、大事にして履いてほしいんです。これはあなたのお祖父様があなたのために作らせたものです」

「……わかった。じゃあ、大事にする」

ノアは答えた。

「でも、こっちのはもっと、大事にする」

ピンクのローファーを受け取り、彼の足に履かせた。

「歩いてみてください」

「うん」

少年は新しい靴で、ゆっくりと歩きはじめた。

15　聞く男

「そりゃあ中国だって日本を自分のものにしたいと思ってるだろうよ」

隣席からの声が聞こえてくる。

「落ちぶれたとはいえ、まだまだ生産力も消費力もある。なにより人件費が安い。今じゃ移民たちより安く雇える日本人が山ほどいる」

喋っているのは五〇歳前後らしい男性だった。くたびれた灰色のスーツをでっぷりとした体に着せている。

「それに国防的な意味合いも大きいだろう。太平洋戦争後ずっと日本はアメリカの砦《とりで》として、中国だけでなくソ連や北朝鮮を見張る役目を仰《おお》せつかってきた。中国にとっちゃ喉元に突き付けられたナイフみたいなものだ。それが東京変災で目茶苦茶になって、国の形さえ保てなくなった。アメリカへの依存度はさらに増して、今の政権は本気で日本をプエルトリコみたいなアメリカの自治領にしてもらおうと画策してる。それどころか51番目の州としてアメリカ本国に組み込んでもらおうなんて動きまである。そうなったら中国やロシアにとってこの国はナイフどころじゃない、引金に指を掛けられた銃になっちまう。だがもし日本を自分たちのものにできれば、逆にアメリカに対峙《たいじ》するときの堡塁《ほるい》になってくれる。それだけじゃない。太平洋に出る障壁もなくなるわけだ。いいことずくめだよ。なのに日本がアメリカのものになるのを指をくわえて見てるわけがないじゃないか」

男は店内に行き渡るような大声で喋っていた。ネクタイを緩め、頭頂部近くまで後退した髪の生え際あたりまで酒で赤くしていた。三分の一くらいまで量の減ったビールジョッキの把手《とって》を握りしめたまま、唾を飛ばす勢いで話しつづけている。

優斗はノンアルコールビールを喉に流し込む。テーブルの上には他にハムカツとポテトサラダ、ミールワームの唐揚げが並ぶ。ひとりで夕食を取るのは一週間ぶりだった。

こちらに越してきて以来、父親と共に夕食を取るのが常となっていたが、居心地が悪いというほどではないにしても、なんとなく気詰まりな雰囲気がいまだに抜けない。

お互いにどことなく様子を窺っている感じだった。なので父が出かけているときなど、たまにこうしてひとりで食事をする。この居酒屋は客席の距離感といい適度な騒がしさといい好みに合っていたので、すでに数回訪れていた。今日も気楽な夕食になる、はずだった。

優斗は遠慮会釈《えしゃく》もなく喋りつづける男の声を意識から追い出そうとした。しかし無理だった。

「ウクライナで下手《へた》を打って自滅したロシアはともかく、中国はとっくに手を回してるよ。野党だけでなく与党の中にもシンパを作ってるらしいし、人道支援って名目でどんどん日本に金と人を注ぎ込んでる。〝東京再生《トンチンツァイシァン》〟って計画もあるそうだ」

男の話していることはすべて、ネットで一時間も検索すれば手に入れられる話題ばかりだった。目新しいものなど何もない。それをさも自分しか知らない極秘情報であるかのように滔々《とうとう》と喋っている姿が、いたたまれない。優斗は耳を塞《ふさ》ぎたかった。

その男の話を聞いているのは、二〇代らしい男性だった。紫のセーターはブランドものらしく、品がよかった。髪は長く肩のあたりまである。優斗の席からは横顔しか覗《のぞ》けないが、端整な顔だちに見えた。

その男性は小さく頷くだけで言葉を挟まず男の話を聞いている。困惑しているのか呆れているのか、まさか真剣に聞き入っているわけではあるまい。延々とあんな話を聞かされているのが気の毒に思えた。

できれば席を替えたかったが、あいにくと他に空席がない。優斗は唐揚げをつまんで口に運び、咀嚼《そしゃく》した。

「それでな、俺も決断を迫られたわけだよ。アメリカに付くか中国に付くか」

男は両掌を上に向けて、重さを確かめるように上下させた。

「天秤《てんびん》に掛けたんだ。どっちが得かってな。どっちだと思う？　中国だよ。あっちのほうが勢いがある。ここ十年を考えても、落ち目のアメリカより頼りがいがあるしな。昔ほど一党独裁にこだわってないから、併合される心配もしないでいいだろ。これまでだって日中合同でいろんな事業をやってきてるが、アメリカと組んだときより利益が上がってるって話だ。中国と組まない手はない。これからは中国だよ」

男は、がさつに笑った。そして「小便してくる」と言って立ち上がった。少しよろけながら洗面所と書かれた区画に入っていく。

ふっ、優斗は思わず息をついた。

「不安なんですよ」

それまで無言だった男性が唐突に言った。

「あのひとはいつも、不安になると饒舌《じょうぜつ》になる。自分の判断が正しいのかどうか不安でたまらない。だから大声でみんなに聞こえるように言う。そうすれば正しいことになると思ってる」

抑揚のない声で呟くように、男性は言った。自分に向かって語りかけられているのかどうかわからず、優斗は戸惑った。

その戸惑いを感知したかのように、男性はこちらに顔を向けた。

「聞いてて恥ずかしかったでしょ。他人から聞きかじった出所も怪しい情報を根拠にして自分が世紀の大英断をしたかのように自慢する。恥ずかしかったでしょ？」

どうやら先程の溜息を聞かれたようだ。つまりこちらが聞き耳を立てていたことも察せられてしまったのだろう。

「別にあなたを責めてるわけじゃないです。そこは誤解しないでください。ただ僕は、ご迷惑をおかけしたことを詫《わ》びたいんです。せっかくゆっくり酒を——ああ、酒じゃないのか、まあいいや——食事をしているところを邪魔してしまって」

「あ、いえ」

とっさに声が出た。ついでだ、訊いてしまおう。

「お父さん、ですか」

「違います。バイト先の課長。課長ったって部下は三人くらいで、みんな僕と同じ非正規雇用ですけど。彼が下した決断というのも、会社全体から見ればちっぽけなものです。なにせ課長の裁量権の中でのことですから。それでも彼にとっては一か八かの大英断なんでしょう」

皮肉も揶揄《やゆ》も感じられない、淡々とした物言いだった。それだけに容赦のなさを感じる。優斗はただ、

「そうですか」

と、応じることしかできなかった。

「もうすぐトイレから戻ってきます。そしたらまた自慢話が始まる。それまでに席を移動したほうがいいですよ」

「あ、いや。他に移れそうな席もないので」

「ああ、そうか。じゃあ適当に二次会にでも誘って外に連れ出します」

「いえ、そこまでしなくても」

優斗が言うと、男性は少しだけ表情を緩め、

「相手をするのは僕だけでいいですから」

と言った。

「しかし……あなたこそ、なぜ我慢して付き合ってるんですか」

尋ねてから後悔した。勤め先の上司に付き合うのに、理屈も道理もない。

男性は浮んだ笑みをそのままに、言った。

「僕は楽しんでるんです。おかしく聞こえます？」

「あ、いや。でも……」

「誰であっても、どんな内容でも、話し相手にしてくれるだけで、僕は楽しい」

そう言ってから、彼はデバイスを差し出してきた。

「今度、僕の話し相手になってくれませんか」

「それで連絡先を交換したのか」

翌日、帰宅した卓弥に居酒屋での出来事を話すと、そう訊かれた。優斗は首を振る。

「しないよ。さすがにいきなりそれは無理」

「だろうな。断られた若者はどうした？」

「ただ頷いて、そのとき課長さんが戻ってきたからまた自慢話の聞き役に戻ったよ。俺はなんか気まずいっていうか居づらくなって、その後すぐ店を出てきた」

「なるほど。しかし不思議な若者だ」

父は茶を啜ってから、言った。

「おまえ、気に入られたんだな」

「違うよ。きっと誰彼かまわず声をかけてるんだと思う」

優斗も茶を啜り、熱さに顔を歪ませる。

「寂《さび》しい人生、送ってるのかな」

「それはどうかな。寂しいから人の話し相手になりたいという、それだけではないかもしれない」

「どうしてそう思うの？」

「なんとなくだ」

卓弥は言い、それから思いなおしたように、

「俺の古い友達に、そういうのがいた。ただ他人の話を聞くのが好きってのが。そいつはコレクターだった」

「コレクター?」

「話と、話す人間をコレクションしてるって言ってたよ。十人いれば十の話が聞ける。同じ話でも話し手が違えば別の話になる。それが楽しいってな。そいつは大学で心理学を学んでカウンセラーになった。天職だなって思った」

「できすぎな話だな。作ってない?」

「いや。しかしその若者、カウンセラーの素質があるかもしれない。少なくともその課長さんは助けられている」

「話を聞くだけで?」

「そうだ。そういうどうでもいいことを話せる相手がないと……」

卓弥の言葉が途切れる。残りは茶と一緒に呑み込んだ。

自分の部屋に戻ってから、優斗は来香のことを思い出した。結婚したばかりの頃、よく馬鹿な話をして笑い合っていた。意味のない、他愛もない話ばかりだった。

そんな話をしなくなったのは、そう、カヤを失って仮設住宅に逃れた後だ。馬鹿な話をする心の余裕は、なくなってしまった。

でも、もしもあのとき、もう少し何か話すことができていたら。

いや、と優斗は首を振る。そして机の上に放り出していたメモ帳を広げた。

いくつかのデッサンや落書きで埋められているページを捲《めく》り、新しい余白に若者の横顔を描いてみた。

数十分後、完成したデッサンを見て、気付いた。

澄んでいるが何も映さない瞳。

彼の心の中には何もない。誰かの話を聞いて呑み込み、溜めていく。ただ、それだけなのだ。

そこに寂しさがないのなら、あるのは何かを取り込みたいという欲求だけなのかもしれない。

少しだけ、怖くなった。優斗はその横顔の下に一言、「話を呑む」と書き添えた。

16　どうなる？

車内アナウンスが三島駅到着を告げた。卓弥は網棚からボストンバッグを下ろし、下車の準備をした。

新幹線の終着駅となってからも駅舎が改築されることはなく、北口から見る風景も特に代わり映えはなかった。

駅前の放射線量表示灯は青く光っている。以前は数値表示されていたのが、不安を招くという名目で交通信号と同じく青黄赤の表示のみになってしまった。青なら通常生活が可ということらしい。

タクシーに乗り込むと行き先を告げる。自動運転の車は静かにロータリーを出た。

座席に身を沈ませ、窓の外を眺めた。町並みも変わらなく見える。だが建ち並ぶ家屋の中に人が実際住んでいるのかどうか、わからない。商店街らしき通りにも人影はなく、搬送ロボットが数台行き交うだけだった。

傍らに置いたバッグに手を乗せる。革の色はすっかり変わり、ところどころ剝げているところもある。独立以来三〇年以上もの間、こうして一緒に旅をしてきた。今日はこのバッグをプレゼントしてくれた人物に会いに来たのだった。

二〇分ほど走って、タクシーはベージュ色の大きな建物の前で停まった。

ホテルというには無骨な、しかし病院というには洒落《しゃれ》た建物だった。受付で面会相手と目的を入力し、ブレスレットから自分の情報をスキャンさせると、待合室で待つ。その間に自分の情報が照会されるのだろう。五分ほどしてホスピタリティ・ロボットがやってきた。

「面会ヲ希望サレタはたなかサマハ公園ニイラッシャイマス。ゴ案内イタシマス」

取ってつけたような合成音声は最近の流行りだ。以前はもっと人間味のある声だったが、それだと逆にロボットの外見との違和感が強くなるという批判を受け、まるで一九七〇年代のSF映画で聞くような音声に改良された。目の前にいるロボットの人間に似せようという努力を一切排したデザインに、その声は似合っているように思えた。

ロボットに付いて病院を出る。公園というのは隣接する駐車場のひとつに芝生を植え、遊具やベンチを設置した場所だった。病院の目的が変化したのに伴い、そういう改装が施されたらしい。

直射日光を避けるシェードが日陰を作っているスペースに、彼はいた。

「畠中《はたなか》さん」

呼びかけると、彼はゆるゆるとこちらを向いた。以前会ったときよりも痩せて、骨の形がはっきりとわかるような顔立ちになっている。白髪も薄くなり全体に縮こまったような印象を与える。骨ばった手をゆっくりと挙げ、気付いていることをアピールすると、彼の座る車椅子がこちらに向かってきた。

「あ、そのまま」

日陰から出ないよう、自分のほうがそちらに駆けていった。

「ご無沙汰しました。お久しぶりです」

はっきりとした口調を心がけて挨拶すると、彼は膝の上に乗せていたシリコンキャップをゆっくり頭に装着する。

——すまない。音声認識するから、もう一度言ってくれないか。

車椅子に内蔵されたスピーカーから音声が流れてきた。卓弥が同じ挨拶を繰り返すと、しばらく間を置いて、

――久しぶり。そんなに声を張り上げなくても認識は可能だよ。元気かな？

と、声が返ってきた。

「はい、おかげさまで」

卓弥が言うと、畠中はかすかに表情を緩めた。

――面白い。楢原君の音声は解析しやすいようだ。レスポンスにかかるストレスが少ない。それとも彼が問題なのかな。

「彼？」

――僕の主治医だよ。世界的な名医で、このシステムの開発者でもある。なのに彼の言葉はなかなか聞き取りにくい。声質が問題なのか滑舌が悪いのか、よくわからないが。でも彼はそのことを良いことだと考えている。なぜだかわかるかな？

「自分の声がシステム改良のためのサンプルになるから、ですか」

――そのとおり。自分の音声で問題なく稼働できるようになったら、このシステムは完璧なものになる、と言っているよ。

彼から〝言葉〟が返ってくるまでのタイムラグは、たしかにほとんど感じられない。こうして話していると、健常者と変わらないとさえ思えてくる。しかし実際は、彼の脳の一六パーセントが機能を停止している。その欠損を補っているのが、彼の車椅子──正確には車椅子に組み込まれたＡＩだった。

ふと思う。自分が話しているのは本当に畠中剛《つよし》なのか。それともＡＩなのか。

疑念を振り払うように息を吐き、卓弥は持ってきたバッグを地面に置くと、開いた。

「今日は完成した品をお持ちしました」

取り出したのは革製の室内履きだった。全体の形はサンダルだが、アッパーは普通の靴と同じようなウイングチップにして、靴底にも本革を使用している。

艶やかな光を帯びるそれを、卓弥は畠中の前に差し出した。彼の眼がじっと室内履きを見つめる。卓弥は四〇年以上前、まだこの仕事を始めたばかりの頃の緊張を思い出した。

──いい出来だ。

畠中が微笑んだ。

――僕が作っても、こうはならないな。

「畠中さんなら、もっとすごいものを作れましたよ」

そう言ってから、失言してしまったのではないかと気付く。

――いや、たとえ僕の脳が何の損傷も受けてなかった頃でも、楢原君みたいには作れなかった。

「そんな」

これ以上は余計な謙遜になるとわかっていても、言わずにはいられなかった。

「畠中さんは最高の靴職人でした。私は今でも畠中さんに少しでも近付きたいと思いながら仕事をしています」

――嬉しい言葉だ。ありがとう。感謝するよ。

あまりにも素直な言葉に、卓弥は少しだけ困惑する。ＡＩは人間の躊躇《ちゅうちょ》や謙遜といったフィルターを全部取り去って、使用者の思いをダイレクトに伝えてしまうのだろうか。だとしたら、彼の〝言葉〟に嘘はないのか。

だとしたら。

卓弥は、思いきって尋ねてみた。

「畠中さん、どうしてあのとき、米兵を殺そうとしたんですか」

――あのときというのは、僕がこの怪我を負ったときのことかな？

「そうです。私が知るかぎり、あなたは政治的な言動もしたことはなかったし、ましてや暴力活動に参加も共鳴もしていなかった。なのにあなたは、あのときたったひとりで米軍基地に乗り込もうと企《くわだ》て、ゲート前で揉み合いになった米兵にナイフを向けた。なぜですか」

畠中の反応は遅かった。やはりＡＩが補助していても本人の意志が優先されるのか。そう思ったとき、車椅子から声がした。

――娘を守るためだった。

「セリアちゃんのことですか。それはどういう意味でしょうか」

――東京が駄目になった後、僕は娘と妻を妻の実家に行かせた。スペインのサンティヤーナ・デル・マルという美しい村だ。しかし娘はすぐに日本へ舞い戻ってきた。僕のことを心配してではない。自分にはやることがあると言った。この国の自治権を守る。そのためにアメリカを追い出す。娘はそう主張するグループの一員だった。彼らは大垣の米軍基地を襲撃する計画を立てていた。無謀な話だ。人殺しのプロの基地を素人が襲うなんてな。僕はやめるように言ったが、聞いてはくれなかった。だから、娘が基地に乗り込む前日に僕が先に出向いた。騒ぎを起こせば警備が厳重になり、娘たちも計画を断念すると思ったからだ。

「そんなことのために米兵に撃たれるなんて」

――もちろん、僕もそこまでひどいことになるとは思っていなかったよ。だが僕ひとりがゲートで騒いでも門番の米兵は気にもかけなかった。その程度の抗議行動は日常茶飯事だったからだ。相手に本気になってもらうためには僕もエスカレートするしかなかった。だからナイフを取り出した。刺そうなんて思ってなかった。でもナイフを見せた瞬間、銃で撃たれた。やはり彼らはプロだ。危険を察知したら躊躇わず行動に出る。僕は頭を吹き飛ばされた。そして気が付いたら病院にいたというわけだ。セリアが付き添ってくれていた。娘のグループの計画は中止されていた。パパのせいで何もかも台無しだと言われた。そうかそれはよかったと僕は言いたかった。でもそのときはまだ言葉が出せなかった。

音声が途絶える。畠中の呼吸が少し荒くなっていた。

「大丈夫ですか。あまり喋らないで。無理しないでください」

——大丈夫だ。思考を音声に変換するのは、それほどエネルギーを消費しない。この疲労は精神的なものだ。

もう話はやめようと思いかけたが、どうしても気になることがあった。

「それで、セリアさんは実力行使を諦めたのですか」

——程なく彼らのグループは地下に潜った。MPと警察の手が伸びてきたからだ。その後のことはわからない。連絡もない。だがいずれ、ここに来ると信じている。僕が死ぬ前に一度くらいは来てくれると信じている。そのときのために、きちんとしていなければならないと思った。そしたら、自分のスリッパがとても気になった。こんなものを履いて娘に会いたくないし、死にたくもない。可能なら自分できちんとしたものを作りたかったが、今はそれも不可能だ。だから君に依頼した。君は僕の望みを叶えてくれた。礼を言う。

「どういたしまして。履いてみますか」

——ああ。頼む。

卓弥は自分が持ってきた室内履きを畠中の足に履かせた。

——足の感覚は正常だ。だからわかる。この靴は良い。

「ありがとうございます。私も念願が叶いました」

——念願？

「いつか畠中さんに自分の作った靴を履いてもらいたい。修業時代からそう思っていました」

畠中の表情が、また少し緩んだ。

——こんな体になって良いことがひとつだけある。自分でも驚くほど素直になったことだ。今なら娘ともっと率直に話し合えるはずだ。娘に会いたい。話をしたい。

「セリアさんの居場所について手がかりはないのですか」

——ない。あったとしても、君の手を煩《わずら》わせたくはない。娘のグループは今でもマークされている。危険だ。

「危険が及ばないレベルで捜してみます。何か、わかっていることはありませんか」

卓弥が重ねて尋ねると、畠中は沈黙した。

「すみません。出すぎたことを——」

——ケセラ。

「え？」

——娘は自分のことを、そう名乗ってると思う。

「ケセラ……『Que Sera Sera』の『ケセラ』ですか」

——いや。娘の口癖だ。『Que sera ?』つまり『どうなる?』という意味だ。セリアはいつも『どうなる? これからどうなる?』と考えつづけている。『なるようになる』とは思っていない。なんとかしたいと考えている。あのグループに入ったとき、自分のコードネームを『ケセラ』にしたと言っていた。コードネーム。まるでスパイごっこだ。でも遊びのつもりではない。娘は真剣だ。だからこそ、心配している。そろそろ部屋に戻る。

唐突にそう言うと、車椅子が動き出した。

——せっかく来てくれたのだから、もう少し楽しい話をしよう。ここにはいろいろと面白い人間がいる。辺境の地だ。東京に焦がれて離れられない人間たちが、自分の寿命が尽きるまでは東京に少しでも近いところにいたいと願ってここにいる。僕もそのひとりだ。こういう話は楽しくないかな?

尋ねられ、すぐには答えられなかった。畠中の車椅子の後について歩きながら、卓弥は優斗のことを考えていた。

あいつも、東京に焦がれているのだろうか。私は、あの失われた都市のことをどう思っているのだろうか。

答えの出ないままに、ゆっくりと歩きつづけた。

17　筍《たけのこ》を掘る

家に戻ってきてからの父親のことが、優斗には気になっていた。渡された土産からすると三島あたりに出かけたようだが、どうしてそんな〝臨界区域〟に行かなければならなかったのか。

卓弥は何も話さない。戻ってからはいつも通り仕事場に籠《こ》もり、こつこつと靴を叩いている。優斗もあえて尋ねようとはしなかった。それでも気になった。戻ったその日の夜、父親がふと呟いた言葉が耳に残っているのだ。

――ケセラ。

もしかしたら聞き違いかもしれない。だが優斗の耳には、たしかにそう聞こえた。思わず、「え？　何？」と尋ねたが「何でもない」と返されただけだった。以後、それらしいことは一切言わない。優斗の中にある疑問は、中途半端なままになった。

海底のトレジャー・ハンティングはサーバーの不正アクセスが発覚した後、しばらくは稼働停止の状態になっている。だから〝ケセラ〟にも会っていない。特に会いたいと思っているわけではないが、それでも気になる。

気になる。気になる。どうして？

父親のことも〝ケセラ〟のことも、どうして気になるのか。他人への——人間への関心など、もう失くしてしまったと思っていたのに。

そのことについて考えるのはやめたほうがいい、と自分に言い聞かせた。深く考えれば考えるほど、隘路《あいろ》に迷い込んでしまいかねない。

それにしても、三島か。

東京に少しでも近いところにいたいと願う者が、あそこに集まっていると聞いた。金持ちたちが居を構える一方、ろくに住むところもない者たちでスラム化している地域もあるらしい。もしかしたら父は、そんな住人の誰かに会いに行ったのかもしれない。沼津に移った来香のことを思い出す。彼女も東京を忘れがたく思っているのだろうか。

俺は違う。俺は、東京のことを全部捨てて、ここにやってきた。ここで新しく生き直すために。

生き直す。思い浮かんだその言葉に思わず自嘲する。今のこのありさまが、生き直しなのか。本当に生きているといえるのか。いや、やめておこう。自分を蔑《さげす》むのは自分を憐れむのと変わらない。ここでただ、生きている。それだけだ。

ヘッドセットを装着した。見慣れた自分の部屋から一気に大気圏外に飛び出した。地球の向こうから月が昇ってくるのが見える。

スペースデブリを掃除するバイトとかないのかな。後で探してみよう。そう思いながら白い月の出をぼんやり眺めていた。


優斗の次の仕事場は宇宙ではなく、近所の竹林だった。

「こういう、先だけがちょこんと見えてるのを探してください。伸びちゃってるのは無視して」

銀髪の女性が指差す先に、腐葉土がかすかに盛り上がった箇所があった。よく見ると緑色に艶《つや》めく筍の穂先が覗いている。

「使うのはこれ。こうやります」

刃が長くて肉厚な鍬《くわ》で盛り上がりの周囲を慎重に掘っていく。次第に茶色い皮に包まれた筍の姿が見えてきた。

「ここまで見えたら筍を地下茎から切り離す」

鍬を打ち込み、ごろんとした筍を掘り起こした。

「やってみて」

どうやら筍を探すところから始めなければならないようだ。優斗は腰をかがめ、地面を見つめた。しばらく探して、やっとそれらしき場所を見つけた。手を伸ばし、少し膨らんだ地面に触ってみる。何かが埋もれているように感じた。

「ですか」

振り返って尋ねる。

「です」

女性は短く答えた。優斗は貸し出された鍬で周囲の土を掘り、露《あらわ》になった筍を掘り出した。

「初心者にしては上出来」

女性はにっこりと笑う。

「じゃあこれから三時間、採れるだけ採って。途中で休憩してもいいけど、採れ高で賃金が変わることは忘れないで」

そう言うと彼女は、さっさと行ってしまった。残された優斗は地面を探る。なかなかそれらしきものが見つからない。これはと思って鍬で掘り返しても、当てがはずれる。そうこうしているうちに腰が悲鳴をあげはじめた。ずっと屈んだ姿勢でいたせいだ。腰を伸ばしたついでに溜息をついた。これは、あまり儲《もう》からないかもしれない。

風が吹いた。竹が揺れ、鳴る。そして沈黙。そういえばこのあたり、ほとんど音が聞こえない。あらためて周囲を見回すと、ただ竹が見えるばかりだ。知らない世界に迷い込んだような、不思議な気持ちになる。

また風が吹く。竹が揺れる音に混じって、地面に積もった枯葉が、かすかに音を立てたように思えた。視線を下ろすと、枯葉の間に小さな隆起が見つかった。鍬で土を掘る。今度は当たりだった。

それからは面白いように筍が見つかった。掘り出すのは大変だったが、見つけて収穫する楽しみが勝った。気が付けば時間が過ぎ、収穫籠の中に成果が山となった。背負うのに少し苦労するほどだった。

　女性の家は竹林から百メートルほど離れたところにある昭和風の民家だった。庭先で干し野菜を作っていた彼女は優斗が肩から下ろした籠を覗き込み、

「なかなかやるね」

と頷いた。そして一番上にあった一本を取り出すと素早く皮を剝き、近くにあった井戸水で洗って包丁でスライスして、その一切れを優斗に差し出した。

「ほら」

「え？」

「食べてみて」

恐る恐る口に入れる。こりっとした食感と青い香り、ほのかな苦みとそれを超える甘味を感じた。

「美味い、ですね」

「でしょ。筍掘りをした人間だけが味わえる特権。時間が経つとえぐみが出て、生じゃ食べられなくなる」

　女性が用意してくれたわさび醬油で半分ほど食べた。

「筍を好きとか嫌いとか思ったこともないですけど、これは好物リストに入れていい

と思いました」

「良い答え」

女性は優斗が食べた分も含めて掘り出した筍をカウントし、デバイスで入力した。

「これでお給金も確定。ご苦労さま」

「ひとつ伺ってもいいですか」

優斗の問いかけに、女性は首を傾げ、

「名前は田宮美雁《たみやみかり》。六一歳。そういうことを訊きたいんじゃないかもしれないけど」

「どうして人間を雇って筍掘りをするんですか。ロボットを使えばもっと楽で安く済むのに」

「よく言われるね、それ」

美雁と名乗った女性は微笑む。

「でもロボットって案外面倒なんだよ。レンタル規約とかさ。人間のほうが集めやすい。それに価値も上がる」

「価値？」

「知らない？　人間が収穫したってだけで野菜の値段、上がるんだよ。手間隙《ひま》かけてるって」

「そんなものなんですか。でも近所のスーパーとかでは、そんなの売ってませんけど」

「手掘りの筍を買おうなんて人間は、あそこにしかいない」

美雁は人差し指を天に向けた。

「彼らはロボットじゃなく生身の人間を使役してるって事実に金を出す。機械じゃなく一本釣りした鮪《まぐろ》とか、培養肉を食べるときだって工場の大量生産品じゃなくて職人が作ったクラフトミートを好む。わたしはそういう連中に筍を売る。そういうこと」

「なるほど」

「怒った？　革命、起こしたくなった？」

「まさか。別にそういう人間がいてもいいです。俺には関係ない」

強がりに聞こえなかったかと、気になった。しかし美雁は肩を竦《すく》めて見せるだけだった。

「もうひとつ、訊いてもいいですか。金持ちたちって手掘りか機械掘りか、わかるんですか」

「わかるわけないじゃない。彼らの舌はそこまで上等じゃない。そもそも見た目や味で区別できるものじゃないし」

「じゃあ——」

「これはね、生産者としての良心の問題」

美雁は言った。

「嘘だらけの世の中でも、自分は嘘はつかない。彼らもそこは信用してくれてる。ときどき手掘りしているところをライブ配信するしね」

彼女は積み上げられた筍を一本手にして、それを優斗に差し出した。

「持ってって。セレブしか食べられない幻の筍。生身の人間が血と汗を流して掘り出した」

「血は流してないけど」

「そこは方便」

ふたりで笑った。

食卓に並ぶ料理を眺めて、卓弥は少し驚いたように呟いた。

「今日は精進料理の日か」

筍御飯、若竹煮、そして筍の天ぷら。

「おまえがこんな料理を作れるとは知らなかった」

「レシピを見れば簡単だよ」

実際はそれほど簡単ではなかった。失敗した分はゴミ箱行きにした。

卓弥はそれ以上、何も言わずに夕飯を食べた。優斗は食べながら筍掘りの経験を話した。

「筍って見つけにくいんだ。でもある瞬間からいきなり、さっと見つけられるようになった。まるで竹林に認められたみたいだった。そういうことってあるのかな？」

「職人はみんな、そんな経験をしている」

卓弥は答えた。

「そんなって、どんな？」

「仕事が自分を迎え入れてくれたと思える経験だ。作っているものとの距離が近くなる。仕事がしやすくなる」

「それだ。じゃあ俺って、筍掘り職人になれたってことか」

「続けるのか」

「いや、そういうつもりはないけど」

美雁の顔を思い浮かべる。彼女と一緒に働くのも、悪いことではないかもしれない。

筍を掘ること以外の仕事が自分にできるかどうかわからないが。

いや、やはり無理だ。自分に農家の仕事は向いていない。高価な手作りの野菜ばかり買いたがる金持ち連中の相手も、したくない。

「俺さ」

優斗が言いかけたとき、リビングのディスプレイが臨時ニュースを報じた。

――午後八時頃、大垣の米軍基地がテロ集団により襲撃を受けました。米軍は実弾をもってそれに対抗し、襲撃を企てた男女合わせて三名が負傷し、病院に搬送されました。そのうちひとりは心肺停止の状態とのことです。

「大垣の基地か。あそこは結構大きいはず――」

言いかけた優斗は、ディスプレイに見入る父親の横顔を見て息を吞んだ。

「……どうしたの？」

強張った表情の卓弥は、問いかけに答えない。少し震えるような声で、呟いた。

「ケセラ……」

18　三万人の収められたひとたち

荘重《そうちょう》な音楽と共に眩《まばゆ》い光が天から差して、巨大な釈尊《しゃくそん》がゆっくりと下りてくる。獅子《しし》に乗る文殊菩薩《もんじゅぼさつ》を左に、白象に乗る普賢菩薩《ふげんぼさつ》を右に従え、結跏趺坐《けっかふざ》し印を結んだその姿は金色《こんじき》に輝き、慈愛に満ちた表情を浮かべていた。

畏怖を感じないわけではない。しかし卓弥はこの演出過剰気味な光景を前にするたび、いささか鼻白んでしまう。バーチャルな仏はどんなに精緻に作り込まれてもアトラクションの一部にしか見えない。いや、そもそもこの場所が、ある意味ではテーマパークのようなものなのだろう。人生の終わりを向かえた者を安置し、彼らと面会するための場所。生と死の狭間に位置する空間。

釈尊の膝元から仏塔を象《かたど》った透明な骨壺が姿を現す。夏美のものだ。中に収められた遺骨は桜の花の形に焼結されている。彼女が選んだ形だった。

釈尊の胸元に夏美の遺影が浮かび上がる。仏壇に供えているものと同じ時期、亡くなる三年前の、まだ病の影がさほど濃くない頃に撮影したものだった。気に入っていた紫のワンピース姿で、髪も緩やかに整えられていた。この写真も彼女が選んだ。正確には遺影にするためにプロに依頼し撮影したものだった。あの頃すでに夏美は自分の死後のことを考え、準備を整えていた。財産を整理し、遺言書も作成していた。何もかも自分で決め、実行していった。卓弥に相談することもなく。

焼香台の前に立ち、遺影に一礼する。数珠を左手に掛け、右手で抹香《まっこう》を摘まみ、額に押しいただいて香炉に投じる。立ち上る煙と香りだけは本物だ。

隣に立つ優斗も見よう見まねで手を合わせている。その仕種《しぐさ》が何も知らない子供のように見えて、笑いたくなるような叱りたくなるような、複雑な気持ちになる。

遺影の夏美は微笑んでいる。見慣れた笑顔、その記憶も次第に薄れてくる。声はまだ覚えている。顔立ちのわりには低い声音を、彼女自身は嫌っていた。だが卓弥は妻の声が好きだった。本を朗読しているときの、聞き取りやすく心地よい声が好きだった。

「母ちゃん、喋る?」

優斗が訊いてきた。

「喋るって？」

「話しかけたら答えてくれるかな？」

彼が何の話をしているのか、少し考えてわかった。卓弥は首を振る。

「いや、母さんは音声登録はしなかった」

「最近じゃたいていのひとがするって聞いたけど」

「母さんは、たいていのひとじゃなかったから」

卓弥が言うと、優斗は薄く苦笑する。

「……たしかにね」

生前にいくつかの質問に答える形で自身の声とパーソナリティを登録しておくと、亡くなった後もＡＩが構築した疑似人格を相手に簡単な会話ができるようになる。つまり故人と話ができる。このサービスは優斗が言うとおり最近ではどの寺も行っているし、多くの埋葬者が登録をしていた。墓前で亡くなった者と会話をするというのは、もうありふれた光景だった。

もしも夏美が音声登録をしていたら、自分は彼女に話しかけただろうか。多分、しないだろう。ＡＩ相手に話をするのが今でもなんとなく気恥ずかしいし、そもそも彼女に話すことなど、何もない。

いや。

話したいことはある。しかしそれは、彼女を詰問する形でしか話せない。

なぜ？　どうして？

そんな言葉を吐き出したくはない。

お参りを終えて本堂を出ると、休憩所の椅子に腰を下ろし、自販機の茶を飲んだ。

卓弥たちの他にも数組の家族が来ていて、子供たちがはしゃぎながら走り回っている。

「なあ父ちゃん」

優斗が躊躇いがちに声をかけてきた。

「母ちゃんがさあ、あの決断をしたときだけど、父ちゃん、どうして反対しなかったの？」

卓弥はすぐには答えず、ゆっくりと茶を啜った。優斗も自分が発した問いに戸惑っているような顔で茶を飲んでいる。しばらくして、卓弥は言った。

「……ずいぶんかかったな」

「え？」

「おまえがその質問をしてくるのにだ。もっと早く、母さんが死んだときに訊かれると思ってた」

「それは……」

言いかけて優斗は言葉を濁《にご》す。

「結婚するときに言われたんだ」

卓弥は続けた。

「夫婦で決めなきゃいけないことは相談する。でも自分ひとりで決めることは自分だけで決める。勝手に思えるかもしれないけど、そうするからってな」

「結婚したときに、そんなこと言ったわけ？　ずいぶんと身勝手だったんだな」

「そう思うか。まあ、俺だってそう思ったけどな。しかしすぐに納得した。母さんは、そういうひとなんだって」

「安楽死することも納得して、反対しなかったわけか」

息子の問いかけに答えようとしたとき、突然の泣き声が静寂な空気を破った。

喪服を着た男性が泣き崩れている。卓弥よりは年下、優斗よりは年上といったところか。床に膝をつき、両手で顔を覆って泣いている。嗚咽《おえつ》というより号泣に近かった。その傍らに小学生らしい少年が立っている。胸のあたりに遺影を掲げていた。中年の女性が写っている。少年は口を一文字に結び、何かを堪えるように俯いていた。

男は泣きつづけている。卓弥には遠慮も気遣いもないその泣き声が、音楽のように聞こえた。死者を悼む音楽か、それとも自身の喪失を嘆く音楽なのかわからないが。

参列者のひとりが泣きつづける男に何か話しかけた。肩を叩き慰めているようだ。それを聞き届けたのかどうか、男は泣くのを止めた。ゆらりと立ち上がり、涙に濡れた顔をハンカチで拭い、祭壇に置かれた骨壺に触れ、また顔を歪める。しかし今度は泣かなかった。何度も頷き、骨壺から手を離す。付き添っていた僧侶が念仏を唱え、骨壺が収納口に消えていった。

この寺の納骨堂には、こうした骨壺が三万個安置が可能だという。今現在どれだけ収められているのかわからないが、おそらくはシステマチックに管理された収蔵庫があるのだろう。たった今収められたあの骨壺も、夏美のそれと同じように庫内に並べられるのだ。

少し前まで遺骨は墓に収められていたが、今どきそんな贅沢なことができる人間は限られていた。ほとんどの死者はコンピュータに見守られながら、こうした寺の奥で眠ることになる。

　いずれは自分も、この中に収められるだろう。もうすでに自分の永代供養料も寺に支払っている。望めば妻の隣に安置してもらえるそうだ。

　妻は、夏美はそれを望むだろうか。

「……死んでほしくはなかった」

　卓弥は言った。

「可能な限り、生きていてほしかった」

　もう少し話し合いたかった。もう少し、理解し合いたかった。彼女の人生に自分の居場所を作ってほしかった。

「ごめん」

　優斗が言う。

「謝ることはない。責められて当然だ」

「責めてなんかない。ただ、少し腹が立ってた。母ちゃんが勝手に安楽死したことも、それを父ちゃんが許したことも。でも、許してなかったんだな。誤解してた」

たしかに許してはいない。だから夏美が音声登録していなかったことに安堵《あんど》している。もしも彼女と話せたとしても、きっと言ってしまうだろう。

なぜ？　どうして？

不毛だ。ＡＩに本心を尋ねても意味がない。

「行こうか」

卓弥は立ち上がった。優斗もついてくる。

寺は商店街の中に位置していた。もともと由緒ある古い寺だったが、今は真新しいビルに建て替えていた。壁面の切妻屋根《きりづまやね》風装飾が、かろうじて和風建築の面影を留めている。

「昼飯、どうする？」

優斗に尋ねた。

「丁字屋《ちょうじや》は？　久しぶりにあそこの蕎麦《そば》を食いたい」

「いいな。そうしよう」

ふたりで歩きだす。週末の商店街は人通りが多かった。

「そうだ、あの件どうなった？」

優斗に訊かれた。

「あの件？」

「ケセラ――大垣で米軍を襲ったってひとのこと」

「ああ、たいした怪我ではなかったそうだ。今は退院して留置場にいるらしい。言っとくが、おまえの言う〝ケセラ〟というひとかどうか、わからないぞ」

「わかってる。でも父ちゃんの知り合いの娘さんなんだろ？」

「それもはっきりしない。米軍がらみだと情報が制限されているからな。襲撃犯の身《み》許《もと》は公表されないかもしれない」

「もやもやするな」

「確認したいか」

「いや、別に」

優斗は即答する。それから少し考えるような表情になって、

「……でも、気にはなる」

「だったら知り合いに訊いてみたらどうだ」

「知り合い？」

「この前やってきた刑事。連絡先を交換してただろ」

「知り合いなんかじゃない。それに、あんなのに連絡したらまた厄介なことになるよ。それは御免だ」

優斗は唇を歪めてみせた。

「じゃあ、はっきりしないままだな」

「しかたないよ。この国はずっと、はっきりしないことだらけだ」

「おまえが国を批判するとはな」

「いけない？　この程度でも警察に引っ張られる？」

「そこまで落ちぶれちゃいないだろう。まがりなりにも民主国家だ」

「まがりなりにも、ね」

優斗は皮肉っぽく笑う。そして、

「ひとつだけはっきりしてることがある」

「何だ？」

「腹が減ったってこと」

そう言って足を早めた。

「早く行こう。あの店、昼休み時間になったら行列ができちゃうかもしれない」

急ごうとする息子の背中に、

「……やれやれ」

溜息をついて、卓弥も少し早足になった。

19　泣きそうな笑顔

ディスプレイに表示された男の顔写真を見たとき、優斗は思わず、

「あれ？」

と声をあげた。

「どうした？」

デバイスで本を読んでいた卓弥が顔を上げる。

「いや、さっき映った男の顔、どこかで見たような気がしてさ」

優斗は観ていたニュース動画を早戻しして、警察官に挟まれてパトカーに乗り込む男の姿が見えたところで動画を止める。五〇歳くらいの、どこかふてぶてしい顔立ちをした男性だった。

「どこだったかなあ……」

眼を閉じ、頭を掻《か》き、記憶をまさぐる。そして思い出した。

「……あのとき、刑事が……」

「刑事？」

「ほら、俺のところに刑事が来たことあったでしょ。一緒に仕事をしていたクオンってひとの行方を調べにさ」

「ああ、ＭＰと一緒に来てたな」

「そう、それ。あのときに刑事が俺に見せた画像の男だよ。間違いない」

あの画像では、立派な身なりをしているのに剣呑《けんのん》なものを感じさせた。この動画ではもっとラフな服装をしているせいか、やさぐれた雰囲気が顔つきに似つかわしく見える。

「なんだか暴力団関係者みたいだな」

横からデバイスを覗き込んだ卓弥が言う。同じ印象を持ったようだ。

「でもヤクザどころか、移民庁の課長だってさ」

「へえ。それで、何やったんだ？」

「収賄。移民がらみの事件を揉み消す見返りに、金を受け取ったんだとさ」

動画再生を再開した。評論家の肩書きを持つ人物が解説を始めた。

――外国からの労働者を「技能実習生」という名目で掻き集めていた時代から、この国は自力で労働力を賄《まかな》うことができなくなっていたんです。それでも政府は頑《かたく》なに「移民」を拒んでいた。しかし二〇二〇年代以降は人手不足が深刻化し、もう上辺を取り繕《つくろ》っていられるような状況ではなくなってしまった。そのため出入国管理法をなし崩しに何度も改正して、結果的に移民フリーな状態にしたわけです。でも時すでに遅かった。東京変災以降、この国が世界から見ても魅力ある働き先ではなくなってしまったのです。今は中国や東南アジアで働くほうが儲かる分野も多くなった。人材難は国力を低下させ、さらに国の魅力を失わせていく。負のスパイラルに陥っているわけです。この困難な状況において政府がまず為すべきことは、海外から見て魅力的な雇用体制の確立と、適切な労働力管理です。なのに今回のようにただ利権という蜜に群がるアリのような役人が後を絶たない。彼らは私腹を肥やすことに汲々《きゅうきゅう》としており、国の将来など一顧だにしていない。一方で国内で働く外国人労働者や移民はいまだ劣悪な労働環境に置かれ、苦渋を強いられている。早急な対策が求められます。

早急な対策か。優斗は笑いたくなった。そんなもの、もう何十年も前からわかっていた。この国は外国人を利用しながら排斥し、ずっと自分たちの国を単一民族国家だと自慢しつづけてきた。今でもきっと、そう思っている者が多いだろう。たとえ日本国籍を有していても、出自が違えば日本人とは認めない。そうした連中がたくさんいることを、優斗は何度も見聞きしてきた。

「逮捕された役人、以前ニュースになってたリンチ事件に関係してるみたいだな」

卓弥が言った。父も自分のデバイスでニュースを読んだらしい。

「リンチ事件って、どこかの工場で従業員が暴行されたっていう、あれ？」

「そうだ。経営側が事件を揉み消そうとして移民庁に働きかけをしたらしい。で、あの課長に賄賂が渡ったという経緯みたいだな」

「あの事件、たしか死人が出てたよね」

優斗はデバイスで古いニュースを検索した。

一年前の事件だ。製陶工場で働いていた従業員数人が同僚に暴行し、死亡させた。最初に見つけた記事には、それだけしか記されていない。しかし掘り下げていくと内実を明かした記事が見つかった。被害者は移民申請中のベトナム人で、上司を含めた日本人に「働きが悪い」「言うことをきかない」という理由で暴行されたという。

「刑事が捜してたおまえの同僚、たしかクオンという名前だったな」

「あ、ああ。グェン・ヴァン・クオン、だったかな」

「クオンというのはベトナム人の名前に多かった。そのひともベトナムから来たのかもしれない」

父親が言いたいことは推察できた。

「このリンチ事件の被害者と関係があるってこと?」

「即断はできないがな。もしかしたらあの刑事が本当に調べていたのは、贈収賄事件で捕まった役人のほうかもしれない」

あ、と思った。考えられることだ。でも……。

「……でも、だとしたら、どうしてクオンはいなくなったんだ?」

「わからんよ。もしかしたら別の事情でいられなくなったのかもしれないし」

断言できないのは当然だ。すべては憶測に過ぎないのだから。本当にクオンが関係していたとしても、自分には確かめようがない。

「もうやめよう。考えたって意味ない」

自分の気持ちを断ち切るように、そう言って立ち上がる。

「ビール、買ってくる」

「あの」

近くのコンビニに出かけ、ノンアルコールビールを買って帰る途中、声をかけられた。振り向いた優斗は、思わず立ち竦む。

「え？　……クオン、さん？」

つい先程まで話題にしていた人物、もう会えないと思っていた男が、目の前にいた。

「お久しぶりです」

クオンは頭を下げた。

「あ……ども」

どう受け答えしたらいいのかわからず、優斗も頭を下げる。そして尋ねた。

「この近くに住んでるんですか」

「いえ。違います。会いに来ました」

「会いにって」

「あなたにです。楢原さん」

クオンは言う。

「俺に？　どうして？」

自分でも思慮の足りない質問の仕方だと思った。しかしクオンは誠実に答えた。

「あなたに迷惑をかけました。だからお詫びを言いたかった」

「迷惑って？」

「警察、来ましたよね？　僕のこと訊きに」

「あ、ああ。よく知ってますね」

「警察のひとに聞きました。僕の行方を捜すために楢原さんのところにも行ったって。

ご迷惑をおかけしました」

「そんなことは別にいいんだけど。でも奇遇だな」

「奇遇？　何がですか」

「ついさっき、あなたのことを考えてたので」

「それは……もしかしたら、あの男のニュースのせいですか。逮捕された課長」

「そうです。もしかしてリンチ事件で亡くなったひとって、やっぱりあなたの？」

「甥です。僕を頼って日本に来ました。僕が身許引受人でした」

「そうだったんだ。御愁傷様です」

取ってつけたようだと思いながら、また頭を下げる。

「ありがとうございます。でも、僕のせいです。僕がちゃんと見ていなかったから、甥《おい》は死にました」

「それは……でも、それは……」

咄嗟《とっさ》に、違う、と言いかけたが、躊躇《ちゅうちょ》した。何も事情を知らないのに迂闊《うかつ》に慰めの言葉など言えない。口籠《くちご》もる優斗に、クオンは言った。

「そうです。甥を殺したのは逮捕された連中です。でもあの会社を世話したのは僕でした。あそこで彼が苛《いじ》められていることも知らなかった。甥は死んだ。簡単に死んだ。僕の責任です。僕が死なせました」

――それでも、死ぬときは一瞬。

前にクオンが発した言葉を、不意に思い出す。

「最初は事故だと知らされました。甥自身の不注意で死んだと。でも違ってた。甥は殴られ蹴られ肋骨《ろっこつ》を折られて死んだ。そのことを会社は隠そうとした。そのために移民庁の役人を抱き込んだ。甥の死を闇に葬ろうとした。僕は本当のことを知ろうと思った。一生懸命調べました。甥を殺した奴らのことも、それを隠そうとした会社の重役のことも、そいつに金をもらった役人のことも。全部調べた。そして、警察に報せた。最初は受け付けてもらえなかった。警察も仲間かと思った。絶望しました」

クオンはたどたどしく話しつづけた。

「そんなとき、楢原さんと一緒に工事現場で仕事をしていたとき、あの男の車がやってきました。番号を覚えてた。思わず飛び出して車を停めた。何も考えてなくて、自分でもどうしたらいいのかわからなかったけど、あいつが車の窓を開けて僕を怒鳴っているとき、とっさに思いついた。謝るふりをして彼の車に近付き僕のアパートのキーのひとつを、放り込みました」

「どうしてそんなことを？」

「キーにはGPSタグが付いてます。あいつの車の行方を追うことができる。キーはふたつ持ってたから生活には困らない。それから僕はあいつの車の行方をずっと追いかけました。そしてあいつと甥を死なせた会社の重役が会っているところも突き止めて、いくつも証拠を掴みました。それを持って、もう一度警察に報せました。今度は受け付けてくれました」

話を聞きながら優斗は感心していた。彼こそが今回の汚職事件を暴いた主役だったのだ。

「でも、どうして行方をくらましてたんですか」

「自分の安全を守るためです。彼らから報復されるかもしれないと思って。あの役人が逮捕されるまで隠れていました。でも、もう大丈夫。みんな逮捕された」

一瞬、クオンの表情が晴れた。しかしそれは続かなかった。

「……でも、甥は生き返らない。もっと前に、彼のために頑張るべきだった。僕はそれが悔しいです」

「それは、でも、しかたない、いや、しかたないって言いかたは悪いかもしれないけど、やっぱりどうしようもなかったんだと思います」

優斗は言葉を選びながら言った。

「死んでしまったことは取りかえしがつかないけど、それでもあなたが甥御さんのためにしたことは決して無駄じゃないし……もし事件が隠されたままだったら、これからも甥御さんみたいに不幸な目に遭うひとが出たかもしれない。クオンさんはそういうひとを救ったんじゃないかな。よくわからないけど」

「ありがとう」

クオンは泣きそうな笑顔で、こちらを見ていた。

「楢原さんは優しいですね。僕のことをメに似てるとも言ってくれた。本当にありがとう」

「いや、あの……」

優斗の混乱は激しくなる。それを見てクオンはまた笑った。優斗も笑ってしまった。

「そうだ。クオンさんは酒を飲みますか」

「いえ」

「じゃあ、これは?」

手に提げていたノンアルコールビールを差し上げて見せる。

「よかったら、うちで一緒に飲みませんか」

「え……」

不意の誘いに驚いたのか、クオンは少し考えるような表情を浮かべた。が、すぐに頬を緩ませた。

「ひとつ提案があります。肴《さかな》は僕に選ばせてください」

つい先程優斗が出てきたコンビニを指差す。

「わかりました。お任せします」

優斗は頷いた。

20 軛《くびき》を外す

「はい、もう一枚お願いします」

カメラマンが手を挙げた。

「楢原さん、もう少し顔を左に向けてもらえますか。はい、そのままで目線だけこっちにください。井口先生は心持ち顎《あご》を引いていただいて……はい、それで結構です」

一枚と言いながらシャッター音が連続して聞こえる。その間ずっと卓弥は息を止めていた。

今日、何枚写真を撮られただろう。靴を作っているところだけでも百枚近くはあるはずだ。プロのカメラマンというのは何を撮るときもこんなふうに連写して複数撮影するものなのだろうか。何でもいいから早く終わってくれ。卓弥は不機嫌が表情を硬くしないよう気を遣《つか》うのに精一杯だった。

「……はい結構です。お疲れさまでした」

カメラマンが言った。

「いい写真、撮れました。ありがとうございます」

その一言に、肩の力が抜ける。

「すみませんね、無理を言いまして」

向かいの椅子に座っている井口が頭を下げる。

「いえ。おかげさまで面白い経験をさせてもらいました」

まったくの社交辞令というわけではない。多少なりと興味があったから彼の依頼を引き受けた。まさかこんな大事《おおごと》になるとは思わなかったが。

「本当に興味深いお話を伺えました」

インタビューを担当した女性が言った。

「記事をまとめましたら、一度チェックをお願いすることになりますが、よろしいでしょうか」

「あ、はい」

「では近日中にゲラをお送りいたします。今日はありがとうございました」

スタッフが早々に撤収した後、卓弥は井口に夕食を誘われた。

「僕の行きつけの店なんですけどね、ちょっと面白いところなんです。どうですか」

断るのも申し訳ない気がして、同意した。優斗は出かけていて、どちらにせよひとりで何か食べなければならなかったところだ。

家を出ると、井口は車を止めて行き先をブレスレットでインプットする。

「今日のこと、やっぱりご迷惑だったでしょうね。すみませんでした」

走り出した車の中で、井口はまた謝った。

「でも、楢原さんしか考えられなくて」

井口が連載を持っている電子文芸誌に、「作家が薦《すす》めるこの逸品」というコーナーがある、と聞かされたのは二週間ほど前のことだった。タイトルどおり、作家が自分の好きなものを紹介する企画で、食べ物、衣服、装飾品などこれまでいろいろなものが掲載されたという。そして井口が自分の回で編集部に提案したのが、卓弥の靴だった。ビスポークシューズ、つまりオーダーメイドの靴というのが今どき物珍しかったのか、その提案はすぐに承諾された。そして井口を通じて卓弥のところに出演のオファーがきたというわけだった。

この依頼を受けるべきかどうか迷った。こうした形で露出することにはいささか躊躇《ためら》いを覚える。自分の仕事について語るのも、仕事場を写真に撮られるのも、それほど積極的にはなれないことだった。

その気持ちを変えさせたのは優斗だった。

「いい宣伝になるじゃないか。やったら？」

「下手に宣伝して客がたくさん来るようになっても困る。そんなに仕事は捌《さば》けない」

否定的な卓弥に、息子は言った。

「仕事のペースは変えないでいいんだよ。客が集まってきたら予約待ちにすればいいんだし。それよりさ、もっと大事な人間に届くかもしれないよ」

「大事な人間？」

「後継者候補。父ちゃん前から言ってただろ。靴作りを引き継ぐ若者がいないって。父ちゃんの仕事ぶりが紹介されたら、自分も靴を作ってみたいって思う若いのが出てくるかもしれないじゃん」

「そんな簡単なことでは……」

と言いながら、卓弥の心は動いた。もしかしたら……。

「……もしかしたら、靴作りの仕事に興味を持ってくれる若者が読んでくれるかもしれない。そんな淡い期待を抱いているんです」

車の中で卓弥が言うと、

「きっといますよ」

井口が応じた。

「今日拝見して、あらためて思いました。靴作りは面白いし、奥が深い。魅力的な仕事です。その魅力に気付いてくれるひとは、きっといます」

彼は車の中で足を組み直した。卓弥が作ったウイングチップを履いている。身につけているジャージ素材のセットアップは、卓弥が助言したとおり気になった店に飛び込んで「この靴に似合う服をくれ」と言って見立ててもらったそうだ。

車は十分ほど走って、繁華街を少し外れた街角で停まった。煉瓦《れんが》作りの小さなビストロだった。

案内されたのは店の奥にある個室のように囲われた席で、井口は卓弥にワインや料理の好みを聞いてから、ギャルソンにオーダーをした。そのやりとりから、この店に通い慣れていることが察せられた。

程なく運ばれてきたシャンパンで乾杯をしてから、井口は話しはじめた。

「子供の頃から『馴染みの店』というものに憧れていたんです。というのも親の仕事の都合上、頻繁に引っ越しをしてたので、長く定住するということがなかったんですよ。だから家の近所のコンビニでさえ、馴染むまでには至らなかった。大人になって東京に住んでいた頃も、まるで親に刷り込まれたように定住することができない性分になっていて、頻繁にアパートを替えてました。一所《ひとところ》に住むようになったのは名古屋に来てからです。この店は僕にとっては初めての『馴染みの店』なんですよ」

やがて料理が出てくる。オードブルはパテとサラダ。続いてニンジンのポタージュ、白身魚のポワレが出て、口直しのソルベの後、メインディッシュがテーブルに置かれた。厚みのあるステーキだった。

ナイフを入れたとき、おや、と思った。切り分けた肉を口に入れたら、さらに驚いた。

「気付きましたか」

井口が楽しそうに言う。

「ここのステーキは培養肉じゃありません。正真正銘、本物の牛肉です」

「まさか」

しかし口に広がる食感と風味は、彼の言葉を証明していた。獣の臭みとも感じられる匂いと、噛《か》みしめるほどに溢《あふ》れてくる肉汁が口いっぱいに広がる。もうずっと食べていない、あの肉の味わいに他ならなかった。

卓弥はナイフとフォークを置いた。井口はかまわず食べながら、言った。

「牛や豚を食べることは違法じゃないでしょ。今でも一定量は消費されている」

「それはそのとおりですが……」

「それとも生肉《せいにく》を食べることは、あなたのモラルに反しますか」

「そんなことはありません。ただ、本物の肉はすこぶる高価です」

「それは気にしないでください。今日は僕が招待したんですから」

でも、と言いかけて卓弥は言葉を止める。今になって固辞したところで、もう料理には手を付けてしまっている。

「僕は人を驚かせるのが好きです」

井口が言う。

「だからミステリを書いてます。でも読者っていうのは僕の目の前で驚いてくれるわけではない。だからときどき、驚くひとを見たくなるんです」

「私を驚かせるために、ここへ？」

「気分を害されたのなら謝ります。たしかに子供っぽいやりかたですから。でも言い訳させてください。僕はこういう形でしか他人とコミュニケーションを取れないんですよ。引っ越しの連続で友達も作れなかった子供が、他者とどう付き合ったらいいのかわからないまま大人になってしまった。だから相手に何かアクションを仕掛けて、そのリアクションを確認することで交流したとやっと認識できる。僕はそんな人間なんです」

「私は、そうは思いませんよ」

　卓弥は言った。

「あなたは人とコミュニケートすることがかなりお上手だ。それはあなたの小説を読んでもわかるし、今日のインタビューを聞いていてもわかりました。あなたがご自分のことを本当にコミュニケーション不全だとお考えなら、それは多分」

「多分？」

「多分、自分自身へのエクスキューズ、弁明です。ご自分の言動に言い訳をして予防線を張っている。あ、いや失礼なことを申しました」

「いや」

井口は笑っている。

「たしかに、楢原さんの言うとおりだ。僕はあなたに言い訳しているつもりで、じつは自分に言い訳してたんですね。子供っぽいなあ。我ながら呆れる」

「申しわけありません」

「楢原さんが謝ることじゃないです。謝るのは僕のほう。不愉快な思いをさせてしまいました」

「不愉快だなんて」

卓弥は再びナイフとフォークを手に取り、ステーキを切り分けて口に入れた。ゆっくりと味わう。

「こんな美味《おい》しい肉を食べたのは、数十年ぶりです。感謝します」

その言葉に、井口の表情が柔らかくなった。

「やっぱり僕は、誰かのリアクションが必要な人間らしい。今の楢原さんの言葉が、何より嬉しいです」

ステーキの後はデザートとコーヒーが出た。バラの香りのするアイスクリームを食べながら、井口は言った。

「僕、近々この国を出ます」

「どちらへ行かれるのですか」

「中国とアメリカ以外なら、どこでも。この国にも愛想が尽きたんだけど、この国を呑み込もうとしている大国も好きになれなくて」

「お仕事は、どうされるのですか」

「続けます。書く仕事は世界中どこにいてもできますし。この国で小説を売るのはかなり難しくなってきましたが、幸い英語だろうとドイツ語だろうとＡＩがきっちり翻訳してくれるようになったんで、今じゃ僕の本もどこででも売ってくれてますしね。楢原さんは、出国を考えないんですか」

井口は逆に問いかけてきた。

「あなたの仕事こそ世界のどこでも通用するものでしょう。どの国に行っても大丈夫なんじゃないですか」

「私は、もう若くはありません。そんな気力はないですね」

「若くないって、まだ五〇代でしょ。ばりばり現役じゃないですか」

「若さとは年齢と関係ないものです。私はもう、新しいことをするにはいろいろなことを経験しすぎてしまった。それに、この国に愛着もあります。どんな道を辿《たど》るにせよ、国の行く末をここで見届けたいという気持ちがあります」

「愛着かあ。なるほど。それも僕にはないものだな」

井口は頷く。

「つくづく自分はバガボンド、放浪者なんだと思います。血縁の者はみんな、東京と一緒にいなくなってしまった。以来、誰かを好きになったりしたこともない。友達も作らなかった。それは失うことを恐れたから？　違うな。もともと僕はそういう人間なんだ。だから、どこにでも行ける。どこにも行けない」

自分自身に語りかけているようだった。井口はもう一度頷き、そして笑った。

「ありがとうございます。楢原さんとこうしてお話ができてよかった。なんていうか、身辺整理が付いたような気がします」

「そうですか。お役に立てたのなら、良かったです」

彼の言葉の意味は、よくわからない。だが卓弥にはわかった。今、井口はこの国が彼に付けていた軛を外したのだと。

「どこに行かれるかわかりませんが、息災を願っております」

卓弥の言葉に、井口はコーヒーカップを差し出して応じた。

「楢原さんも。どうかお元気で」

21　刀を拾う

〈波濤社の梶本です。お世話になっております。『ナズナとタイガ』公開一週間のデータがあがってきました。閲覧数、悪くないです。いい調子です〉

　メールの冒頭を読んだ優斗は思わず苦笑を浮かべる。悪くないです、か。良くもないということだ。

〈やっぱり楢原先生に新作をお願いしたこと、間違っていませんでした。断られてもしつこく食い下がったあのときの自分を褒めてやりたいです〉

　自画自賛か。それもいいだろう。たしかに彼が早々に諦めていたら、新作漫画を完成させることはなかった。その点では感謝しなければならない。もちろん漫画が多くの読者を獲得し収入を得られることもありがたいが、久しぶりに創作の楽しみを味わえたのも、よい経験だった。

〈編集長も手応えを感じているようで、引き続き楢原先生に描いてもらいたいと申しております。私もナズナとタイガの物語の続きを読みたいです。連載を是非ともお願いいたします〉

優斗は思わず頭を掻く。読み切り短編のつもりで描いているものの、孤独な少女ナズナと虎から転生した若者タイガの物語を、この先も続けることは可能だ。じつは頭の中には構想もある。描きたいとも思う。しかし連載となると相当の時間を取られてしまう。他の仕事ができなくなるかもしれない。いざ連載を始めたところでページビューを稼げなければ、短期バイトをしているときより収入が少なくなるかもしれない。それに人気が出なければ即打ち切りになるだろう。そのほうが元のバイトに戻れて収入も回復するかもしれないが、連載打ち切りを言い渡されるときの精神的苦痛をまた味わわなければならないのは辛い。プロの漫画家になったばかりの頃は今回が駄目でも次があると希望を繋いで新しい作品に取りかかったりもしたが、今はそこまでの気力はない。ただ打ちひしがれるだけだろう。

それでも、描くべきか。

すぐには答えが出せなかった。

海に潜るのは久しぶりだった。優斗は敦賀湾沖三五メートルの海底を這《は》うように移動していた。

海底トレジャー・ハンティングはサーバー不正アクセス騒動の後しばらくサービスを停止していたが、つい先日再稼働した。実害はなかったと報告されている。再開後も特に変わった様子はない。ただ常連だったプレイヤーが何人かいなくなっていた。まだ警戒して様子見をしているのか、それともアクセスできないでいるうちに興味が離れてしまったのか。むしろ飽きもせずにまたやっている自分のほうが物好きなのかもしれない。どれだけこのゲームが好きなんだよ、と、自分に突っ込みを入れたくなる。いや、別にそんなに好きなわけでもない、と、そう言い返してみる。ただ……。

センサが宝物の存在を嗅ぎつけた。赤いラインが囲った中に光るものがある。優斗はロボットアームを伸ばした。

「……なんだこれ？」

摑み取ったものを見て、思わず口に出した。

長い柄の先に幅広で大きな刃が付いている。その刀身には龍《りゅう》の絵が彫り込まれていた。

今までも刀剣の類《たぐい》をサルベージしたことはあった。しかしこんなに豪勢な装飾を施したものを見たことはない。鑑定にかけてみると「青龍偃月刀《せいりゅうえんげつとう》」と表示された。

〈関羽《かんう》の刀だね〉

不意の声に驚かされる。一瞬、〝ケセラ〟かと思った。が、違った。ハンドルネームは〝ロードレオン〟。知らない名前だ。

〈関羽って中国の武将が愛用してた刀だよ。刀身に青龍が彫られていることから、その名が付いたらしい。ちなみに日本では昔から中国の幅広の刀のことを青龍刀と呼んでるけど、あれは本当は柳葉刀《りゅうようとう》。青龍刀と呼ばれるのは、この青龍偃月刀だけなんだ〉

「刀に詳しいんですね」

少し警戒しながら言葉を返すと、

〈好きなんだ。そういうのが。だからさ、頂戴よ〉

いきなり別のロボットアームが伸びてきて、優斗のアームが摑んでいる刀を奪おうとした。

「おい！　それルール違反だぞ。これの所有権はこっちにある」

〈ポケットに収容されるまでは誰のものでもないよ。ルールブックは確認してる〉

〝ロードレオン〟が楽しそうに言い返してきた。こいつ、ヤバい奴だ。

優斗は一瞬迷った。ここで抵抗するか、それとも諦めるか。下手にあばれると機体を破損しかねない。そうしたら賠償が面倒なことになる。しかしこのままおとなしく奪われるままにするのも納得できなかった。こんな横暴が許されていいはずがない。

優斗は決断した。アームをひねり、刀身にかかっていた相手のアームを振りほどく。

そして一気に海底を走り出した。

〈あ、ずるい〉

〝ロードレオン〟は追いかけてくる。優斗は逃げながら刀をポケットに収めた。

「もう終わりだ。これは俺のものになった」

そう宣言した。しかし〝ロードレオン〟の機体は迫ってくる。

「おい、やめろって。もうおまえのものにはならないぞ」

〈そんなことないよ。ポケットから抜き取るスキルがあるから〉

「スキル？　そんなものがあるわけ……」

そのとき気付いた。

「まさか、この前の不正アクセスで？」

〈セキュリティホールを見つけたんだ。だから盗りたい放題なのさ〉

　こいつが不正アクセスの張本人なのか。優斗は逃げながらコントロールセンターにアクセスしようとした。通報しなければ。しかしコンソールには「通信不能」の表示が出ている。

〈無駄だって。アクセスは切ってあるよ〉

〝ロードレオン〟が笑う。

〈いろいろ苦労したんだから。それもみんな、その青龍偃月刀を手に入れるためなんだ。滅多に出てこないレアアイテムでさ、もう海底をずるずる動き回りながら探し回るのに疲れちゃった。だから誰かが見つけたらすぐにわかるようにしておいたんだよ。よかった。僕のすぐ近くで見つけてくれて〉

「勝手なことを言うな。欲しかったらルールに則《のっと》って手に入れろよ」

〈だからルールどおりにやってるよ。僕が改正したルールどおりにね〉

　再び〝ロードレオン〟のアームが伸びてきた。捕まったら刀を奪われてしまう。優斗は必死に機体を走らせたが、逃げきれそうになかった。操縦技術も、あちらのほうが上らしい。

アームがこちらの機体にかかった。もう観念するしかない。諦めかけたときだった。

軽い衝撃を感じた。うっかりして海底に衝突してしまったのかと、慌《あわ》てて確認する。

こちらの機体は無事だった。

〝ロードレオン〟の機体が離れていった。正確には突き飛ばされて、すっ飛んでいったのだ。

彼に――あるいは彼女に――ぶつかってきたのは、別の機体だった。

〈誰だ!?〉

〝ロードレオン〟が動揺している。新たに現れた機体は何も言わず、再度突進していった。

その様子を優斗はモニタで見ていた。新たな機体がアームで〝ロードレオン〟の機体を掴み、何か仕掛けた。すると〝ロードレオン〟の機体は激しく振動した後、制御を失ったように動きを止め、海底に転がった。

〈おまえ、誰だ?〉

〝ロードレオン〟が誰何《すいか》する。応じる声がした。

〈通りすがりの者よ〉

モニタに新たな機体操縦者のハンドルネームが表示される。

「……〝ケセラ〟」

〈ハンドルネーム、ロードレオン。本名ジャン・ブロンツィーニ。パレルモ在住。一四歳〉

〈どうして……?〉

〝ロードレオン〟の声が震えていた。

〈ハッキングできるのが自分だけだと思わないこと。深淵《しんえん》を覗くときは、深淵もまたあなたを覗いているのよ。サイバーセキュリティ法違反で警察がすでにあなたの家に向かっているわ。今頃ママが応対に出てるかも〉

それに対する応答は、なかった。すでにログアウトしているのか。あるいは警察に踏み込まれたのか。優斗は〝ケセラ〟に言った。

「助かった。ありがとう」

〈どういたしまして〝ヒュミル〟〉

「しかしわからない。どうして君が?」

〈これも仕事。不正アクセスしたクラッカーを捜して摘発する。そして報酬を受け取る〉

「賞金稼《バウンティ・ハンター》ぎか」

〈いい稼ぎになったわ。じゃあね〉

「あ、ちょっと待ってくれ」

優斗は去っていこうとする〝ケセラ〟を呼び止めた。

「教えてほしいことがある」

〈なに？〉

「ケセラの意味。『Que Sera Sera』とは関係ないって言ってたよね。もしかしたら『Que sera ?』つまり『どうなる？』って意味なのかな？　それが君の口癖？」

返答はなかった。

「変なこと訊いてごめん。俺の親父《おやじ》がさ、靴職人なんだけど、畠中さんって同じ靴職人の知り合いがいて、その娘さんが自分のことを『ケセラ』って名乗ってるって」

〈それが、わたしだと？〉

「もしかしたら、と思って」

〈そうだとしたら？〉

「いや、特に何かってわけじゃないんだけど……ただ、お父さんが会いたがってることを伝えたかった。三島の療養所にいるって」

また、返答がなかった。

「違うんならいいんだ。俺の親父もちょっと心配しててさ。その娘さんが無茶するんじゃないかって」

〈無茶って、どんな？〉

「その……たとえば、米軍基地を襲撃するとか」

――じゃあ、君が思う最悪なことって、何なんだ？

――今、ここにいること。

前にケセラと交わした言葉を思い出していると、笑い声のようなものが聞こえてきた。

〈たしかに無茶ね。金にもならないし〉

「君じゃないんだな、この前の大垣基地の襲撃は？」

〈わたしはそこまで理想に燃えてもいない。残念ながらね。でも襲撃犯のことは知っ

てる。彼らもこのゲームのプレイヤーだった〉

「そうなの？」

〈トレジャー・ハンティングしながら、ここで基地襲撃の作戦会議をしてたみたい。だから当初、彼らが不正アクセスの犯人じゃないかって疑われてた。実際は違ってたけど〉

「君はその仲間じゃないんだな？」

〈違う。向こうはどう思ってたか知らないけど〉

どういう意味だ、と訊こうとして気付いた。〝ケセラ〟は彼らの中に入って情報を集めていたのかもしれない。

〈わたしは理想に燃えた戦士じゃない〉

〝ケセラ〟は繰り返す。

〈ただここにいて、仕事をしている。知ってる？　あなたが奪われそうになった青龍偃月刀の正体〉

「正体？　ゴミだろ？」

〈ただのゴミじゃない。墜落して海底に沈んだ米軍のドローン。ちょっとばかりヤバ

いデータが入ってるみたい〉

「まさか」

〈早く提出したほうがいいわよ。また争奪戦に巻き込まれるかも〉

そう言って〝ケセラ〟の機体が離れかけた。が、途中で停まって、

〈そうだ。わたしもあなたに訊いてみたいことがあったの〉

「何？」

〈タイガはナズナのことを守りきれる？〉

あ、と思った。

〈続き、期待してるから〉

そして〝ケセラ〟は去っていった。

残された優斗は、しばらく海底に佇《たたず》んでいた。こちらの素性も知られていたのか。でも、どうやって？　もしかしたら不正アクセスで流出したデータから？　いや、彼女はそんなことをしなくてもデータを閲覧できる人間なのかもしれない。もしかしたら……もしか……。想像は混乱を来《きた》し、結論は出なかった。代わって脳裏に浮んできたのは、あるアイディアだった。息を大きく吐き、優斗は機体をベースに帰投させた。

ログアウトしヘッドセットを外すと、すぐに書くものを探した。この前まで使っていたメモ帳は使い切っていた。タブレットはなんとなく使いたくない。手書きで他に書けるものといえば……。

優斗はボストンバッグを引っ張りだした。黄色い表紙のノートが突っ込まれたままになっている。この家に戻ってきて以来、一度も触れなかった。少し躊躇したが、そのノートを開いた。

赤子の手を描いたイラスト。カヤの手。

今までは痛みなしに見ることができなかったそれを、優斗は見つめた。その柔らかさと温かさを思い出せる。苦しみを伴わずに、今はそれを思い出せる。

なぜなのか、わかっていた。これは、ナズナの手でもある。

ナズナはカヤなのだ。

そして俺はタイガだ。これからもナズナと、いや、カヤと共に物語を紡《つむ》いでいく。

ノートの空いているページを開き、頭の中に浮ぶアイディアを手書きで記しはじめた。ナズナとタイガの物語が走り出す。それはカヤと優斗の物語でもあった。

まとまったら梶本にメールしよう。そう思った。

22　ふたりきり、そしてひとりぼっち

本を贈られるという経験は初めてだった。

そもそも紙の本というものを、しばらく手にしていなかった。歳を取ってからは文字の大きさや読みやすさを自由に変えられて老眼に優しい電子書籍のほうを、もっぱら利用してきた。

新刊書籍の表紙に触れる感覚を、卓弥は久しぶりに味わった。

本にかけられた帯には『井口隆史最新長編！』という文字が躍っている。彼が日本で執筆する最後の作品らしい。すでに彼は放浪の旅に出ているそうだ。

表紙を開く。冒頭に書かれている言葉を読んだ。

【プロの姿勢を教えてくれた楢原卓弥氏に】

あなたに献辞します、と言われたとき、強く固辞したつもりだった。それでもこう

して自分の名前が記されているのを見ると、当惑と共に面映《おもは》ゆいような気持ちも湧いてくる。

ゆっくり読んでいたかったが、そろそろ時間だ。本をバッグに収めて家を出た。

車で三〇分、閑静な住宅街の中に、その建物はあった。一見して他の邸宅と違いはわからない。ここを訪れる者に抵抗を感じさせないためだと聞いた。

インターフォンを押すと女性の声が応じた。名前を告げると「お入りください」と言われる。同時に玄関ドアのロックが外れる音がした。

建物の中はオフィスのような作りになっていた。明るい吹き抜けの天井。脇には観葉植物が並び、ショパンのワルツが流れている。真っ直ぐに進むとリビングに繋がっていた。正確にはリビング風のカウンセリングルームだ。様々なデザインの椅子が置かれている。そのひとつに顔馴染みの男性が座っていた。

「好きな席に座ってくれ」

卓弥は赤いファブリックのソファに腰を下ろすと、彼に尋ねた。

「どの椅子を選ぶかで心理がわかるとか？」

「そういうものじゃない。リラックスしてもらうために椅子を揃《そろ》えた。たしかにどの椅子を選ぶかで性向や心理状態がわかりそうな気もするが、そういう研究はしていない。久しぶりだな、楢原」

「五年ぶりだ。夏美の葬式以来か」

「暑い日だった。靴の下でアスファルトが溶けていた。元気だったか」

「元気の内容にもよる。身体面ではまずまずだ。医者に通っているが深刻な病気ではない。体の不調は、ほとんどが加齢によるものだ」

「メンタルは？　俺の得意分野なんだが」

「吉植《よしうえ》先生に診てもらわなきゃならないほど問題を抱えているわけでもない。強いて言えば寝付きが悪いくらいだ。言っておくが睡眠導入剤も不要だ」

「でも、問題はあるんだろ？」

「ああ、ある」

卓弥は吉植に向き直った。

「夏美のことだ。何か知らないか」

「何かって？」

「夏美は生前、ここに通っていた。死ぬ直前まで。妻のことについて、何か知らないか」

「質問が漠然としすぎている。俺が知っている奥さんのことといえば、生年月日や出身地、経歴といったところだ。それはおまえだって知っているだろ」

「そういうことじゃなくて――」

「カウンセラーには守秘義務がある」

卓弥の言葉を遮《さえぎ》るようにして、吉植は言った。

「患者の許可なく相談内容を他に漏《も》らすことは一切しない」

「わかってる。だが……だが、俺は知りたいんだ。夏美はどうして勝手に死を選んだのか」

「夏美さんが亡くなる前、彼女が安楽死すると決めたとき、訊かなかったのか」

「しなかった。夏美に止められていたから」

「『自分ひとりで決めることは自分だけで決める』か」

「どうして知っている？」

「夏美さんから聞かされた。そういう約束で結婚したと。だからおまえは夏美さんの決めたことに一切口出しをしてこなかった。死ぬと決めたときも」

「そうだ……そうだ」

　卓弥は顔を手で覆った。

「だから訊けなかった。訊きたくても、できなかった……」

「だが、どうして死ぬことを選んだか、という問いに夏美さんはすでに答えていたはずだぞ」

　吉植は言った。

「治療はもう、不可能だった。この先はずっと寿命が尽きるまで、苦痛に苛《さいな》まれる。それが耐えられなかった。だから安楽死を選んだ」

「そんなのわかってる。だが、それでも夏美には生きていてほしいと思った。それが自分のエゴだということはわかっている。だから苦しんでまで生きてくれなんて言えなかった。でも、言いたかった。言いたかったんだ」

　訥々《とつとつ》と語る卓弥を、吉植は見つめていた。

「おまえは自分の問いを間違えている。どうして安楽死を選んだのか、じゃない。どうして俺を置いて逝《い》ってしまったのか、と訊きたいのだろ？　どうして俺を捨てたのか、と」

「俺は……そう、自分が捨てられたように思えた。ずっと一緒に生きてきたのに、夏美の心に俺はいなかった。あいつはいつも、ひとりきりだったんだ」

「それが悲しいんだな」

「そうだ。悲しい。でも、この悲しさを夏美にぶつけられないのが、もっと悲しい」

こんなにも素直に「悲しい」と口にしている自分に驚いていた。恥ずかしくもあった。しかし一度言葉にしたものは、もう戻せない。卓弥は言った。

「ときどき、この悲しさにがんじがらめにされて、身動きができなくなる。一歩も歩けなくなるような気がしてくる。この悲しさから抜け出すには、どうしたらいい？」

吉植は立ち上がり、テーブルのポットからコーヒーをカップに注いで卓弥の前に置いた。そして自分のデバイスを取り出して操作する。室内に音楽が流れてきた。ピアノのイントロから男性ボーカルの静かな声。

「この曲、知ってるか」

「聴いた記憶はあるが」

「ボズ・スキャッグスの『We're All Alone』。一九七六年の曲だ。この曲の邦題はふたつある。ボズのアルバムに収録されていたときは『二人だけ』だが、リタ・クーリッジがカバーしたバージョンでは『みんな一人ぼっち』だった。どちらが正しいと思う？」

「さあな。どちらとも取れそうだが」

吉植が何を言い出したのか、何を言いたいのかわからないまま、卓弥は答える。

「そう。どちらとも取れる」

吉植は頷く。

「作詞作曲したボズ自身の言葉によると『この曲の意味は自分の中でも完全にはわかっていない』そうだ。つまり、どちらの解釈でもいいってことだろう。ふたりきり、だけどひとりぼっち。まるでおまえと夏美さんのことみたいだ。この曲を聴くたび、そう思ってたんだよ」

ふたりだけ、みんなひとりぼっち。

「楢原、おまえはひとりぼっちにされたと思っている。だけどそれは最初から、おまえたちが出会ったときからそうだった。でも、おまえたちはふたりきりで一緒に生きてきた」

「息子もいたが」

「あ、ああ。そうだったな。曲のイメージに引っ張られすぎた」

吉植が苦笑する。

「それはともかく、おまえだって夏美さんには触れさせないひとりの領域があったんじゃないか。誰にだってそういうものはある。夏美さんの場合、それが自分の命のことだった。自分の命は自分だけのもの、これだけは誰にも譲れない、と、そういう人生観を持ってたんだよ。だから自分の命の終わりも自分で決めた。でもそれは、おまえを見捨てたってことじゃない」

彼は自分のために注いだコーヒーを一口啜り、

「ひとつだけ守秘義務を破ろう。ここに来たとき、夏美さんは俺に言った。『自分の最期の言葉は、あのひとへのお別れにしたい』ってな」

――さよなら。

あのときの、夏美の言葉がまざまざと甦ってきた。あれが、あれがそうだった。

「おまえ、その言葉を聞いたんだろ？」

「ああ、聞いた」

卓弥は頷いた。

「たしかに、聞いたよ」

＊

仏壇の前に座り、優斗は揺れる蠟燭《ろうそく》の明かりを見ていた。手を伸ばし、先端に触れる。ＬＥＤの炎は冷たかった。

写真の中の母親は微笑んでいる。優斗がよく知っている柔らかな笑みだ。

母に怒られた記憶はない。声を荒らげたところも見たことがない。それでも優斗は、母親に対してある種の怖さを感じてもいた。

幼い頃、母は薬剤師の仕事で忙しく、優斗の世話はもっぱら父がしていた。そのせいもあってか、母との間にはいつも隙間《すきま》のようなものがあったような気がする。母は怒らなかったが、容易に甘えさせてもくれなかった。あの日、地下街で「離ればなれになっても、わたしはあなたを探さないから」と言われたときのように。

もうひとつ、不意に思い出した。小学校に入ったばかりの頃、買ってもらったばかりのスニーカーが泥で汚れてしまったとき、それが悲しくて癇癪《かんしゃく》を起こしたことがあった。玄関に寝ころがって、こんなの履きたくない、と駄々をこねた。父はそのとき、いなかったと思う。母とふたりきり。その母が言った。

――靴を履きたくないのなら、裸足で外に出ればいい。それがあなたの決めたことなら。

とても静かな口調だった。もしもそれが「履きたくないなら履くな」とか「わがままを言うんじゃない」と叱りつける言葉だったら、反発しか感じなかっただろう。だがそのときの母の言葉はひどく冷静で、それでいて容赦がなかった。優斗は思わず泣き止んで黙り込んだ。そのとき自分を見つめていた母の視線を、優斗は今、まざまざと思い出した。

あれは、怖かった。

「……怖かったよ、母ちゃん」

仏壇に語りかけた。そして立ち上がり、自分の部屋に戻った。

今日も一日、漫画の仕事をするつもりでいた。ここ数日は短期バイトもせず没頭している。久しぶりに締め切りに追われる忙しさを味わっていた。

『ナズナとタイガ』は三話まで公開されている。四話もすでに描きあげていた。プロで仕事をしていたペースには及ばないが、それでも順調だ。自分にまだこれだけの創作力があったことに優斗は少し驚いている。あの黄色い表紙のノートに封じ込めていたものが、一気に甦ってきたかのようだった。

あの日、別れ際にノートを手渡した来香のことを思い出す。何も映さない、感情のない瞳。あれは……いや、違う。

優斗は机の上に置いていた黄色い表紙のノートを手に取った。今ならわかる。あのときは優斗のほうが彼女の気持ちを読み取ろうとしていなかった。やはりあのとき、来香は自分に何か伝えようとしていたのだ。

矢も盾もたまらず、デバイスで彼女のアドレスを開いた。自分でもどうしたいのかよくわからないまま、ただ一言、

〈漫画、また描き始めました〉

とだけ書いて、送った。

送信ボタンを押した瞬間、ひどく後悔した。一体何をしているのか。今更《いまさら》別れた妻に何を言いたいのか。どうしてほしいというのか。自分を叱り飛ばし蹴り飛ばしたかった。しかし送ったメールはもう取り消せない。

「馬鹿だよなあ……」

自分を罵《のの》りデバイスを放り出すと、再びノートを手に取ってプロットを考えはじめた。今でもこの作業は紙とペンシルで書かないとできなかった。

書いているうちに没頭しはじめた。何もかも忘れ、物語のなかに沈潜《ちんせん》する。キャラクターが動き出し、語り出し、世界が広がる。この感覚が好きだった。

一話分をまとめると描いたものをスキャンし、データにしてデバイスから梶本に送った。OKが出ればネームを切り、作品に仕上げる。この手順は手描きの時代から変わらない。

デバイスにメール着信の報せが入っていた。送信者の欄に表示された名前を見て、優斗は固まった。

来香からだった。

メールを開くまでに何段階もの躊躇を乗り越える必要があった。そうしてやっと表示させた文面には一言、

〈続きを楽しみにしています〉

とだけ記されていた。

優斗はその短い返信を、ずっと見つめていた。

眼の奥が熱く潤《うる》んできた。手で口許《くちもと》を押さえ、嗚咽《おえつ》を堪《こら》えた。

返事は、書かない。これから描く漫画で応えよう。そう心に決めた。

＊

車から出たところで、卓弥は家の前に誰かいるのに気付いた。

小さな体をピンクの服に包んでいる。手にしているショッピングバッグもどこかの店のピンクのもの。そして履いている靴も。

「ノアさん」

声をかけると、少年はびくっと体を震わせ、こちらを見た。

「……あ、なあんだ。おじさんか。びっくりした」

「どうかしましたか。その靴に問題でも？」

「問題？　違うよ。これ、すごくいい。履きやすいし歩きやすいし、なんたってかっこいいし」

「ありがとうございます……どうかしましたか」

ノアが訝《いぶか》しげな顔付きをしているので尋ねると、

「おじさん、泣いた？」

「え？」

「眼が赤いよ。泣いた？」

「いえ、違います。眼にゴミが入っただけです」

「両眼とも？」

「はい、両眼とも。今日は何の御用でしょうか」

思った以上に勘の鋭そうな子供にこれ以上追及されないよう、問いかけた。

「あ、そうだった」

ノアは卓弥に駆け寄る。

「おじさん、靴の作りかた、教えてよ」

「靴の作りかたですか。それはまた、どうして？」

「だって面白そうだもん。俺、やってみたい」

「やってみたいと言われても、そう簡単にできるものでは――」

「これ、見て」

ノアはショッピングバッグに入れていたものを取り出した。

「俺、作ってみたんだ。見てよ」

かろうじて靴とわかる。厚紙で作られた不格好なオブジェだった。卓弥はそれを受け取り、眺め回した。

最初の悪い印象は、子細に観察しているうちに変わった。たしかに細工は拙《つたな》いが、靴としての構造はほぼ間違っていない。靴底、甲革、腰革、舌革と、本物の靴と同じように各部が作られている。爪先には飾り革まで被せられていた。

「本当に、君が作ったのか」

「本当だよ。嘘じゃないよ」

ノアは力説した。

「こういうの作りたい。教えてよ」

卓弥はもう一度ノアの「靴」を審査し、それから言った。

「本気で靴を作る仕事をしたいのなら、専門学校に行くといい」

「今から入れる?」

ノアは性急に訊いてくる。

「まだ早いです。高校を卒業してからでないと」

「えー？　そんなのやだよ。今すぐ教えてほしい。おじさん、教えてよ」

「まだ早いです。それに、私は誰かにものを教えるような人間ではない。教えかたの上手《うま》い先生なら他にいる。ちゃんと学校を出て、そういう先生に教えてもらいなさい」

卓弥は紙の靴を彼に返し、家のドアを開けた。

「やだよ。俺、おじさんに教えてほしいんだ」

ノアが縋《すが》ってきた。

「おじさんでなきゃいやだ！　ねえお願い！　教えてよ！」

袖を掴む小さな手を振りほどくこともできず、卓弥は立ち往生してしまった。

「……どうして私なんですか」

「だっておじさん、この靴作ってくれたじゃん。ピンクがいいって言ったらピンクの靴作ってくれたじゃん。俺もそういうのしたい。普通の靴屋には売ってないけど、誰かが欲しがってるような靴を作りたいんだ。そのひとしか欲しがらない靴を作りたいんだ」

ノアの言葉が、卓弥の胸に響く。

そのひとしか欲しがらない靴を、か。

「いいんじゃないの、そういうのって」

声がした。二階から優斗が下りてくる。

「聞いてたのか」

「聞こえるって。玄関でこんな大声でやりあってればさ」

いきなり知らない男が出てきて固まっているノアに、優斗は笑いかけた。

「いいタイミングだ。このおじさんな、後継者を欲しがってたんだ」

「こうけいしゃ？」

「跡継ぎ。仕事を引き継いでくれる若いひと」

「俺、やる！　こうけいしゃ、やる！」

ノアが勢い込む。

「おいおい」

困惑する卓弥に、優斗は言った。

「面接くらい、してやれよ。正式採用は後にしてもさ。君、名前は？」

「ノア」

「いい名前だ。クッキー食うか、ノア」

「うん！　食べる！」

「だとさ。いいだろ？」

卓弥は息子に向けていた視線をノアに移した。ノアも卓弥を見ている。その眼差《まなざ》しを卓弥は受け止めた。

「クッキーには紅茶でいいか」

「うん！」

「じゃあ、その後で私の仕事場を見せる」

「ほんと？」

「ただし、道具には一切触れるな。君がそういうものに触れるのは、もっと先の話だ」

「うん！」

「返事は、はい、だ」

「はい！」

「よし。上がれ」

ノアは丁寧に靴を脱ぎ、家に上がった。その様子を見て卓弥は頬を緩ませそうになる。が、優斗が見ているのに気付いて、表情を引き締めた。そして息子に言った。

「おまえ、泣いたか」

「え？」

「眼が赤いぞ」

「え……いや、泣いてないし」

優斗が慌《あわ》てて眼を擦《こす》る。その様子を見て、卓弥は今度こそ本当に笑った。

本作品は、U-NEXTオリジナル書籍として電子書籍で発行されたものです。

なお、この作品はフィクションであり、実在の個人・団体などとは一切関係がありません。

徳間文庫

喪《も》を明《あ》ける

2022年11月15日 初刷

著者 太《おお》田《た》忠《ただ》司《し》

発行者 小宮英行

発行所 株式会社徳間書店

東京都品川区上大崎三―一―一 〒141―8202
目黒セントラルスクエア

電話 編集〇三(五四〇三)四三四九
販売〇四九(二九三)五五二一

振替 〇〇一四〇―〇―四四三九二

印刷
製本 大日本印刷株式会社

ISBN978-4-19-894795-8 (乱丁、落丁本はお取りかえいたします)